# 象耳公方

剣客大名 柳生俊平 5

麻倉一矢



時代小説

二見時代小説文庫

# 目次

# 象耳公方《ぞうみみくぼう》——剣客大名 柳生俊平《としひら》 5

# 第一章　御所様《ごしょさま》五千石

## 一

「この餅《もち》が芋《いも》でできているとは驚いたの。舌がとろける味だ」

柳生藩《やぎゅうはん》の藩主柳生俊平《としひら》は、そう言って竹串《たけぐし》に刺した小判大の平餅をひと口に頰《ほお》ばった。

稽古を終えてちょうど小腹の空いていた時だけに、ことのほか旨《うま》い。

聞けば、甘藷《かんしょ》という種類の芋で、蒸《む》して網で漉《こ》し、手でこねで平餅にし、揚げたものという。

作ってくれたのは、さっきまで道場で竹刀《しない》をまじえていた伊茶姫《いさひめ》である。

一刀流《いっとうりゅう》皆伝《かいでん》の腕前ながら、ひょんなことから柳生新陰流《しんかげりゅう》に鞍替えしはや三年、道場では遠慮なく打ち込んでくる相手となっているが、うって変わって藩邸の膳所《ぜんしょ》から餅を運んでくる伊茶姫の女らしい姿はなんとも妙なものである。

姫は、俊平が同じ菊《きく》の間《ま》詰めの一万石大名と戯《たわむ》れに誓いあった〈一万石同盟〉三人のうちの一人伊予小松《いよこまつ》藩主一柳頼邦《ひとつやなぎよりくに》の妹で、兄頼邦と俊平が親しいだけに、遠慮なく藩邸奥の膳所に入り込み、しばしば伊予名物のびわの茶を淹《い》れてくれていたが、今日は昵懇《じっこん》の南町奉行大岡忠相《おおおかただすけ》の紹介で小石川《こいしかわ》の薬園で知り合った芋博士を自認する青木昆陽《あおきこんよう》の育てた甘藷を麻袋に入れ、藩邸まで持ち込んできたのであった。

「これは薩摩芋《さつまいも》と申しまして、名前のとおり南国薩摩ではよく育つことがわかっておりましたが、ここ武蔵国《むさしのくに》など、北の地でも育てられぬものかと調べております」

伊茶姫は、そう言って同席の用人梶本惣右衛門《かじもとそうえもん》と小姓頭《こしょうがしら》の森脇慎吾《もりわきしんご》にも餅を勧めながら俊平が餅を頬ばるのを見て微笑んだ。

このところ、大岡忠相をはじめ、将軍吉宗《よしむね》も甘藷にご執心《しゅうしん》である。

そのわけは、近年北は奥州《おうしゅう》から西国《さいごく》、九州まで深刻な米の凶作がつづき、ことに四国《しこく》の飢饉《ききん》では多数の餓死者が出ている。世に言う〈享保《きょうほう》の大飢饉〉である。

そのため、江戸にも飢えた領民が流入し、民心は荒廃、おまけにコロリ（コレラ）なる流行《はや》り病《やまい》がこれに追いうちをかけて、世情は暗い。

　——米が駄目なら、急ぎそれに代わるものを探し出せ。

　将軍吉宗の一声で、大岡忠相が躍起《やっき》になって代替えとなる食物を探したあげく、ようやく見つけ出したのがこの昆陽の勧める甘藷なのであった。

「ほう。米に代わる食物が、これでございますか」

　惣右衛門が、感心したように串の平餅を眺《なが》めまわすとパクリと食らいついた。

「このようなもの、米の代わりになどなるものかと、たかをくっておりましたが、こうして工夫を加えてみれば、どうして食べられぬものではございません」

　芋のことで頭がいっぱいという伊茶姫は、語気を強めてそう言い、みなが喜んで食べはじめた姿を見まわした。

「いやいや、食べられぬどころか、これは米より旨い」

　俊平が、いまいちどうなずくと、姫は満面の笑みを浮かべた。

「味は、どこか栗《くり》に似てはおりますが、栗より量が穫《と》れ、しかも腹持ちもよいようでございます」

　姫がさらに言えば、惣右衛門も目を細めてうなずく。

「私も、これなら毎日でも食べられそうです」

　森脇慎吾が、ちょっと大げさにうなずいて、満足げに伊茶姫を見かえした。

慎吾は、姫の作ったものならなんでも喜んで食べられると言いたげである。

「慎吾さまに、そう言っていただければ、嬉しうございます。お若い方のお口に合うようで、安心いたしました」

「私も若いが、よく口にあう」

用人惣右衛門が戯《ざ》れ言《ごと》を言いながら、旨そうに三つ目を頰ばる。

「むずかしいところは」

旧藩越後高田《えちごたかだ》では畑仕事もこなしたという惣右衛門が、伊茶姫に訊《き》いた。

「わたくしは、この甘藷の植えつけからお手伝いさせていただいておりますが、多少気をつかわねばならない点もあれど、乾燥地でも育ち、種芋《たねいも》で簡単に増やせますし、狭い畑でもたくさん穫れまする」

「ふむ。これなら、まだまだいろいろな調理法があろうな、惣右衛門」

「蒸《ふ》かしても、焼いてもよろしうございましょう。まことに、姫さまはよい食物を見つけたものでございます」

「私ではございません。青木昆陽先生が見つけ出されたのでございます」

「青木殿といえば、このところ江戸で評判のあの甘藷先生か」

「さようでございます。研究熱心なお方で、熱中すれば一食二食抜くなど平気。毎日、甘藷ばかり食べておられます。ただ、まだまだいくつか問題がございます。どこまで寒さに耐えられるか、上様も、これはよいが、諸国に奨励《しようれい》するにはいま少し北の限界を見極めよと申されておられるそうです」

「寒さには弱いか」

「甘藷は、地温がじゅうぶんに上がってからでないと、植えつけてもよく育たないそうでございます」

「ふむ、まあいろいろ問題はあろうが、諸国の飢饉は深刻。一刻も早く、その北の限界を見極め、芋を諸藩に勧めたいものだ。大勢の人の生命がかかっているからな」

俊平が、深い思いをこめて言った。

「飢饉は、まこと深刻でございまするからな」

惣右衛門も眉をひそめて言う。

「はい。ことに西国は深刻」

伊茶姫は、あらためて国表《くにおもて》の深刻な現状を思いかえし顔を曇らせた。

伊予小松ではいまだ飢饉は収まらず、領民の間からまだ死者こそは出ていないものの、深刻な状況がつづいているらしい。

「姫、それにしてもなにか他に心配なことでもおありか。本日の稽古は、いまひとつ気が入っておらぬように見えたが」

俊平はあらためて伊茶姫を見かえし、その相貌をうかがった。

「じつは、飢饉のことで……」

「申されよ」

「それが、あ、やはりこれだけは、お話しするわけには……」

そう言ってから、姫は自身に言い聞かせるように首を振り、押し黙った。

「はて、いつもの伊茶殿らしくない」

俊平が、怪訝《けげん》そうに姫の横顔をのぞき込んだ。

「されば、申しあげまする。じつは、小松の陣屋にて、長らく馬の世話をしてくれておりました与作《よさく》なる者が、こたび密航して江戸に出府し、藩邸を訪れ、あることを伝えてまいりました」

「あること、と申されると……？」

「はい。あ、いえ、これ以上は……」

伊茶は、もういちど俊平を見かえし、黙り込んだ。

「姫、この二人は私以上に口が固い。申されよ。私にできることなど、かぎられておろうが、相談ぐらいなら乗ってさしあげられよう」

「これは、与作の命にもかかわること。いえ、伊予小松藩の存亡にかかわる大事ゆえ……」

伊茶姫は、そこまで言っていまいちど俊平を見かえし、べそをかいた。

「お二人のことではなく、俊平さまのお役目が気にかかります。上様の影目付《かげめつけ》をご拝命とのこと、これが幕府の知るところとなれば、藩はお取り潰《つぶ》しになりましょう」

「なに。拝命されたお役目より、頼邦殿との義兄弟の契《ちぎ》りが大事、いや、姫様とのお約束はことに裏切れぬ」

俊平は真顔になって言ったが、

「お戯《たわむ》れを」

怒ったように姫が頬を膨らませて言った。

姫の憂《うれ》いは深刻のようである。

「いやいや。小松藩の飢饉については、頼邦殿からも聞いておる。領地の飢饉では、米の収穫が例年の五分の一ほどに落ち、まだ餓死者は出ていないものの、飢えた者たちが領内に溢《あふ》れかえっているという話ではないか」

「はい」

「そのことを、上様に知られてはまずいのか」

「いえ、そうではありません。飢饉ごときで、お取り潰しはございますまい」

「それはそうだ。思いきって申されよ。悪いようにはいたさぬ」

俊平が、痺《しび》れを切らしたように身を乗り出すと、

「ならば、思いきって申します。くれぐれも藩の存亡にかかわることゆえ、上様にはご内分に」

「大丈夫だ」

俊平は、そう言ってから、

「のう」

惣右衛門と慎吾に念を押した。

「じつは、与作なる老爺がはるばる江戸表までやってきて伝えたことは、領内で一揆《いっき》が起こりそうだというのでございます」

「一揆――!」

「領民が、起こすというのでございます」

「しかしながら、藩主の妹にこれから一揆を起こすと伝える百姓など、あるものでござろうか」

惣右衛門も、あきれたように言った。

「与作には、長らく厩《うまや》を任せており、私や兄とも家族同然のつきあい。またその子弥《や》平《へい》は、ことのほか私になついておりました。馬の世話をやめてからは、郷里に戻り、田畑を耕《たがや》しておりましたが、時折餅をついたのでと送ってくれておりました。しかし、昨年来のうちつづく飢饉で穫れる米もなく、村人は飢える寸前とのこと。その村の衆がしめしあわせて一揆を起こすというのです」

「一揆を伝えに領主のもとに……。それは冗談ではあるまいか。その与作という者、大丈夫か」

「殿、嘘偽《うそいつわ》りを伝えに、与作がはるばる江戸に出てきたわけでもござるまい」

惣右衛門が首をひねった。

「飢饉のさなか、江戸までの路銀とてままならぬはず」

森脇慎吾も言う。

「はい。江戸の藩邸へ荷を運ぶ廻船に潜り込み、着の身着のまま、江戸に辿《たど》り着いたそうにございます」

「なんとも、あっぱれな心がけだな」

俊平が感心して惣右衛門を見かえした。

「しかしながら、殿。我らから見れば、たしかにあっぱれでございましょうが、百姓仲間から見れば、裏切り者。その者、もはや国表に帰れぬばかりか、国に帰れば生命さえ狙われるおそれもございまするぞ」

惣右衛門は、深刻な表情で眉をひそめた。

「たしかに、惣右衛門の言うとおりだ。それにしてももの。小松藩は領民と親密とは聞いていたが、これほどのものとは」

俊平が、しみじみと伊茶姫を見かえした。柳生の領民とも、そうした関係を築きたいものと俊平も思う。

「それにしても、四国の飢饉はようやくゆるやかに収束に向かっていると聞く。一揆を起こすのなら、昨年であっただろう。なにゆえに今年になって」

「それが、わたくしにもわからないのです」

「はて、姫にもわからぬことでは、なんともの」

俊平は、困ったように姫を見かえした。

「しかし、推察はついております」

「お話ししてくだされ」

「どうやら、我が領民は他藩の者に操《あやつ》られているようなのです」

「わかりませぬな。いずこの藩に操られると申される」

「申しあげられません」

「なにゆえに」

俊平は驚いて伊茶姫を見かえした。

「それは……、俊平さまのご実家だからでございます」

「私の実家は越後高田藩だぞ」

「正確に申さば、俊平さまのお父上松平定重《まつだいらさだしげ》さまのご実家。隣藩の伊予松山藩《まつやまはん》にございます」

そう言って、伊茶姫はまた顔を伏せた。

伊予松山藩は、俊平にとってたしかに無縁の藩ではない。

柳生藩に養嗣子《ようしし》として入り、今は藩主に収まっている柳生俊平の、その父松平《まつだいら》定重の実家は伊予松山の久松《ひさまつ》松平家である。

それが、桑名《くわな》の久松松平家に養子として入り、家を継いだ。

そもそも伊予松山藩久松松平家は、桑名の久松松平から枝分かれした藩、その意味では俊平の血は伊予松平家と直接つながっている。

「かの藩は、これまでにも我が小松藩をたびたび目の敵《かたき》にし、嫌がらせをしてまいりました」

「なんと」

「お疑いでございましょう」

「姫の人柄はよく存じておる。松山藩を貶《おとし》めるような考え方をするお方ではない。いま少し、委細《いさい》をお聞かせくだされ」

「じつはこれはあくまでわたくしの憶測《おくそく》で、軽々《けいけい》に申しあげる話ではないと考えております」

「なんの。ここだけの話だ」

「されば」

伊茶はもういちど、惣右衛門と慎吾を見かえし、うなずいてから、

「ご承知のように昨年、松山藩は深刻な飢餓にみまわれ、餓死者はすでに三千五百を数えておりますが、藩主定英《さだひで》様は領民を省《かえり》みず、上様のお怒りに触れ、差控《さしひかえ》（謹慎《きんしん》）処分、ついに悶々《もんもん》とした日々をお送りの後、この五月に気を失いご他界なされました」

「聞いておる。定英殿は憤死《ふんし》らしいな」

「その後を継いだご藩主松平定喬《さだたか》さまはまだ十八、ご藩主に代わって政務を執《と》る家老奥平藤左衛門《おくだいらとうざえもん》はなかなかの曲者《くせもの》にて、落ちた伊予松山藩の名声を取りもどそうと、

ことさら周辺諸藩を悪《あ》しざまに申しております」

「なるほどの。他藩も同罪と、自藩の悪政の印象を弱めようという腹か」

惣右衛門が、納得してうなずいた。

「ありえまする」

慎吾も声高《こわだか》に言った。

「その背後には、徳川家《とくがわけ》の御同門という奢《おご》りがあるものといわれています」

「うむ、それはあろう」

俊平もその奢り、しばしば気づくことがある。

伊予松山藩は、徳川家康《いえやす》の異母弟であった久松定勝《さだかつ》の系譜、松平定行《さだゆき》が伊勢国《いせのくに》桑名藩より十五万石で入府し、以来代々つづく名門親藩であるが、徳川家に縁のあることでなにかと居丈高《いたけだか》な態度をとり、嫌がられている。

領民に対してもその冷たさが一揆の対応にも現れ、こたびの事件となった。

とはいえ俊平の父松平定重が治める桑名藩でも同様で、野村増右衛門《のむらますえもん》なる小者を重用《ちょうよう》し、失政があると一転して厳しく当たり切腹を命じ、縁者まで根絶やしにして、幕府から厳しいお咎《とが》めをうけ、越後に移封された。世に言う「野村騒動」である。

「そのあたり、調べる必要があるな」

俊平が、惣右衛門を振りかえって言った。

「で、その与作とやら、いまは何処《いずこ》に」

惣右衛門が腰を屈めて、伊茶姫に尋ねた。

「まさか、一揆の加担者として捕らえるわけにもいきません。と言って、国表に帰すこともできず、わたくしが藩邸内に匿《かくま》っております。与作の申すには、時折外出した折に松山藩からの追手らしい影を感じると申します。ただの杞憂《きゆう》であればよいのですが」

「与作が江戸表に通報したことで、一揆は鎮《しず》まっておるのだな」

「はい。ようやく」

「ならば、それを恨んで、与作を討つことはおおいにありうるな」

「殿。これはちと心配でございますな」

惣右衛門が眉をひそめた。

「それに、一揆は藩のお取り潰しにもつながること。このことを藩の重臣が知れば、どのような処置を兄に求めるやもしれません。いつまでも藩邸内に匿っておくわけにもいきません」

「惣右衛門、昨年の松山藩に対する上様のお裁きは、どのようなものであったか憶えてておるか」

「それは厳しいご処分でございました。上様は藩主ばかりか、家老、重臣まで総入替えを厳命されたほど」

「上様がもし、小松藩を松山藩同様の領民に厳しい藩と判断されれば、同様のお裁きがあろう。その意味からも、与作を別の場所に移したほうが賢明であろう」

「さようでございますな」

「はて、どこにいたそうか」

俊平が小首を傾げ、顎《あご》を摘《つま》んだ。

惣右衛門は、ちらと伊茶を見かえし、

「与作にできることは」

「馬の世話と百姓仕事くらいのものでございます」

「ふうむ」

俊平はつかんだ顎を指で撫《な》で、

「やはり、あそこかの」

低くつぶやくのであった。

# 二

「なんだ、あの化け物は——！」

柳生俊平と戯れに義兄弟の契りを結んだ三人の一万石大名の一人筑後《ちくご》三池《みいけ》藩主《はんしゅ》立花《たちばな》貫長《やすなが》が、江戸城本丸菊の間で、隣席の俊平にぐらりとその巨体を傾け、憤然とした口ぶりで言った。

この日は、恒例の月初めの登城日で、諸大名はいずれも威儀を正した正装に身をかため、それぞれの控の間に詰めている。

各大名の詰めの間は家格により決まっており、一万石大名の詰めの間は最下格の菊の間である。

話を聞けば、立花貫長は登城して菊の間に向かう途中、行き交う大名の一人に一万石大名が身に着ける大紋《だいもん》の裾を踏みつけられ、思わず転倒しそうになったという。

その大名は、いちど目にすれば忘れられぬほどの巨体の持ち主で、素襖《すおう》を着、人並み外れた巨体を揺すりながら遠目にも目立つほどの足どりで貫長に近づいてきたという。

裾を踏まれてむっとした貫長が、その大名を見かえすと、顔はその粗忽《そこつ》ぶりとは裏腹に温厚そのもので、五平餅《ごへいもち》のような楕円形の顔の造作は、耳が象の耳のように大きく、糸のような細い目が笑みを浮かべていたという。

貫長はふと、その面構《つらがま》えに免じて許してやろうかと思ったが、周囲の大名が、

「公方様《くぼうさま》、お怪我はございませぬか」

「御所様《ごしょさま》、廊下は混み合っております、足元をお気をつけくだされ」

などとしきりに追従《ついしょう》を言い、ちらりと蔑《さげす》むように大紋姿の貫長を見まわしたという。

いずれの大名も同じ狩衣《かりぎぬ》、その大男もふと貫長を飄然《ひょうぜん》と見かえしたので、貫長は侮辱《ぶじょく》されたと思い、

「断じて許せぬ！」

貫長は、菊の間に入ってからも腹立ちがやまず、つい怒りを俊平にぶつけたのであった。

「だが、それはちと相手が悪いの」

話を聞いていた隣の伊予小松藩主一柳頼邦が、尖《とが》った顎を突き出し、その小顔を貫長に向けた。

「あれは、喜連川《きつれがわ》藩主の御所殿であろう」

「喜連川藩主……、御所殿……？」

貫長が、怪訝そうに一柳頼邦を見かえした。

「おい貫長、おぬし、御所様を知らぬのか」

頼邦が、驚いて貫長に訊いた。

「御所様も公方様も、知らぬ」

「世間知らずにもほどがある。あちらは我らより低い、正確には大名でもない五千石取りだが、参勤交代《さんきんこうたい》もなく、妻子を江戸藩邸におく義務もないという」

「なぜだ」

貫長は、口を尖《とが》らせ、食ってかかるように頼邦に問いかえした。

「家格がちがう。あちらは足利《あしかが》将軍家の末裔《まつえい》で、厳密にいえば徳川家の家臣ではなく同格のお家柄。むろん、幕府から禄はもらっておるが、扶持《ふち》ではないという」

「扶持ではない？」

「さよう。だから、加賀《かが》の前田《まえだ》公も仙台《せんだい》の伊達《だて》公も薩摩《さつま》の島津《しまづ》公も一目《いちもく》置く、大変お偉いお方なのだ」

「ほう」

俊平も、話を聞いて思わず唸《うな》った。

そう言えば俊平も、そうした別格の大名がいることを風の便りに聞いたような気がした。

足利氏の末裔が治める藩で、足利尊氏《たかうじ》の次男で鎌倉《かまくら》公方であった足利基氏《もとうじ》を祖とする家で、うちつづく戦乱で家は滅亡したが、豊臣秀吉《とよとみひでよし》によって四百貫（三千五百石）で再興を許され、徳川の世となってからは、四千五百石となり大名並みの扱いを受けた。

血筋の高さゆえ諸役が免除され、自称ながら公方、御所などと名乗ってはばからず、「天下の客位」の地位を与えられているとも聞いた。

「その話、聞くだけで胸くそが悪くなる。それより、頼邦殿、国元が大変なことになっているというが」

立花貫長が、その話はもういいとばかりに話題を変えた。

頼邦は、にがりきった顔でうなずいてから、

「どうにも、こうにも、思いもよらぬことで大騒ぎになっておる」

とぼやいた。

「柳生殿、伊茶がそなたのもとに泣きついていき、与作をどこぞに隠したのだろう」

「はて、知らぬな」

俊平は、飄々《ひょうひょう》と天井を睨《にら》み顔をそむけたものの……。

「じつは、与作は〈蓬莱屋《ほうらいや》〉の下働きにあずけてある。だが、与作を捕らえたり国元に追い返そうとすることはせんでくれ」

「言うまでもない。わかっておるよ」

頼邦が、俊平の肩をたたいた。

「我が藩も今年は米が不作でな。一揆が起こらぬものかと冷や冷やしておる」

菊の間詰めの藩主が数人、ちらとこちらに顔を向けて同じようにうなずいた。

「柳生殿のところは――」

「さいわいに、柳生の庄は小さな山里ゆえ、米など初めからさして穫れぬ」

「それは、むしろ幸いだ」

一柳頼邦が、うらやましそうに言った。

「とまれ、柳生殿。与作のことは心配いらぬぞ。あの者を捕らえるようなことはけっしてせぬ」

「それは、そうだろう。ご注進におよんだのだ。むしろ、仲間に裏切り者として討たれることを心配してやらねばならぬ」

「そのことよ」

一柳頼邦が、俄《にわ》かに声を落として俊平をうかがった。

「四国は大凶作というが、我が藩はまだよいのだ。上様の奨励策に応えて、さらに新田を増やしていた。それゆえ、いまだ餓死者は出ておらぬ。じつはな、このたびの一揆騒ぎは、隣藩から押しつけられたものなのだ」

「その話、伊茶どのから聞いた」

俊平は、にわかに神妙な顔つきで深く息をついた。

伊予松山藩は、俊平の父松平定重の実家で、俊平の祖父は第二代藩主松平定頼《さだより》である。

その後、俊平の父松平定重は桑名藩に養子に出され、先に述べた「野村騒動」によって越後高田に飛ばされ、その子俊平も越後で育つこととなった。

「しかし、だとしたら困ったことになったものだ」

もしそうした動きを背景にした一揆の押し売りが行われたとしたら、俊平も影目付を拝命した以上、祖父の藩を厳しく取り調べなくてはならない。

「それより、みなで今宵あたり、〈蓬萊屋〉に繰り出さぬか。梅次《うめじ》も音吉《おときち》も待ちわびておるぞ」

一柳頼邦が、にわかに元気になって二人に誘いかけた。

「だが、よいのか。国表では飢える者も続出しておるというのに」

立花貫長が、一柳頼邦を苦々《にがにが》しい顔で見かえした。

「だからこそ、憂《う》さ晴らしでもせねばやっておられぬのよ」

頼邦は、まるで意に介するようすもなく、もう浮き足立っている。

「困った、ご藩主だ」

俊平もそう言って苦笑いし、頼邦を見かえした時、三人の頭上にぬっと立ちふさがった者がある。三人の周辺に影ができている。

立花貫長がその影を見あげて、

「お、おまえは！」

と大声を出した。

俊平と、一柳頼邦が、遅れて顔を上げる。

途方もない大男が、覆《おお》いかぶさるようにして三人の頭上に立っていた。

その巨体は六尺をゆうに越えており、正装の素襖の下で筋肉がはち切れそうに膨《ふく》らんでいる。さきほど、立花貫長が大紋の裾を踏まれ、転倒しそうになった喜連川藩主の大男らしい。

「あっ、御所殿！」

一柳頼邦からも、思わず声が出た。

いつもならここで癇癪玉《かんしゃくだま》を破裂させるところだが、貫長はぐっと堪えた。

「これは――」

俊平も、とっさにこの男をどう遇してよいかわからず言葉を呑んだ。

丁重に遇せねばならぬと思ったが、相手は大名でもない五千石。それに媚《こ》びへつらうのは嫌いである。

「さきほどは、まことに失礼した」

男は意外にもそう言って、穏やかに立花貫長に一礼すると、三人の前に屈み込み、まだ怒りを残す立花貫長の顔に大きな丸顔を近づけた。

見れば、大きな顔のさらに上をゆく耳の大きさで、浮世絵にも描かれた安南《あんなん》（ベトナム）から渡来し、さらにひところ江戸を賑わせた巨象のように見える。切れ長の目で口も大きい。

「なに、謝るほどのことはないのだ」

貫長が、気圧《けお》されるようにつぶやいた。

「そう言っていただけると、じつに気が楽になる。あの折はとっさのことで、謝ろうと思うていたら、とりまきの大名に囲まれ、つい謝りそびれた」

「あそこにおった大名は、どこの藩の方々だ」

貫長が訊いた。

「いずれも柳の間詰めの大名で、肥前平戸《ひぜんひらど》の松浦家《まつらけ》、但馬出石藩仙石家《たじまいずいしはんせんごくけ》、近江小室藩《おうみこむろはん》小堀家《こぼりけ》などだ」

いずれも、そうそうたる外様《とざま》の大名である。

「柳の間の大名どもか。我らには無縁じゃの」

一柳頼邦が、ふてくされたように言った。

「じゃが、わが喜連川藩は、この菊の間詰めの一万石の方々のさらに半分の五千石。本来なら、この菊の間にも入れてもらえぬところです」

御所殿は、悪びれずにそう言ってにこりと笑った。

その笑顔が、妙に愛嬌《あいきょう》があって憎めない。

「つい先日も、その飢えたる民のこと、上様とお話ししておりましたぞ」

喜連川藩主が、さりげなく言った。

どうやら、飢饉の話が聞こえていたらしい。

「上様と……」

　立花貫長と一柳頼邦が顔を見あわせた。

　いずれも一万石の小大名、剣術指南役の柳生俊平以外に、将軍と話のできる者などいない。

　将軍と直《じか》に口をきけるのは四品《しほん》格以上だが、将軍吉宗と話のできるこの男は、五千石取りのくせに、四品らしい。

「さすが足利家の血を引く喜連川殿は違うの」

　こんどは、ふてくされて立花貫長が言った。

「どうして、どうして。小藩は小藩。街道沿いの宿場と、その周辺の田んぼが領地で、かつかつ、畑と宿のあがりで食うておりまする。今年は米が不作で、来年はさらに厳しい。凶作になりそうで、どうしてしのいだらよいものやら、困り果て地道なその暮らしぶりを上様と話しあっていたところです」

　象の耳をもつ公方様はそう言って巨体をおり、

「ここに座ってよろしいかの」

　と言って、返事を待つまでもなく二人の前に座り込むと、ぜひ話を聞いて欲しいとぼそぼそと語りはじめた。

喜連川の宿場は奥州街道沿いで、街道を通過する参勤交代の諸大名が落とす金が大きな収入源といい、それを出迎えに、公方殿自身が出ていくという。

「あの街道を通る大名といえば、仙台六十二万六千石の伊達殿だが……」

立花貫長が言うと、

「吉村《よしむら》殿とは、昵懇にさせていただいておる」

「なに、伊達吉村《よしむら》殿だと」

立花貫長が、驚いて振りかえった。

公方殿の話によれば、川で釣りをしているところを伊達家の行列が通りかかり、橋上から、

――これは茂氏《しげうじ》殿、ご無礼した。

と、吉村に声をかけられたという。

喜連川藩の収入はそうした宿場のあがりの他、「入酒法度《にゅうしゅはっと》」、つまり専売にしている土地の銘酒〈酔月《すいげつ》〉の売上で、養蚕《ようさん》や漆《うるし》工芸にも手を出したが、これらはいずれも失敗してしまったという。

のほほんとしているようで、三人の小藩以上に貧乏藩らしく、公方殿は苦労は苦労としてしっかり積んでいるらしい。

「やれ、御所様、公方様などと持ち上げられているが、からかわれておるようなものですな」

喜連川藩主は、そう言って苦笑いし、首を撫でた。

「なるほど、聞けば貧乏藩であるところは、我らとあまり変わらぬようだが」

一柳頼邦は少しだけ安堵して、またしげしげとこの喜連川茂氏の大きな顔を見かえした。

少し、親しみが湧いてきたらしい。

「私は伊予小松藩主で一柳頼邦と申す。失礼だが、見たところそこもと、ずいぶんと耳がおおきい。それは、福耳だな」

頼邦は、ちょっと調子に乗って言った。

「象耳公方と呼ばれておりますよ」

喜連川茂氏は屈託《くったく》のない調子で返した。

「ご領地は、伊予でござるか。飢饉が深刻だそうですな」

「まったく、一揆がいつ起こるやもしれぬのだ。聞くところ、野州《やしゅう》にはまだ深刻な飢饉は起こっておらず、うらやましい」

「いやいや、今年は凶作。来年はさらに悪く、飢饉になること避けられまい。備えあれば憂いなし、飢饉をしのぐ知恵があれば一柳殿にぜひうかがいたい」

公方殿が、真顔になって頼邦に訊ねた。

「しかし、そう言われてもの。妙案があれば、こちらが教えてほしいものじゃ」

一柳頼邦も、その対策に追われている最中である。

「ところで、喜連川藩は領民との関係がうまくいっておられるか」

頼邦が公方殿に問いかえした。

「よいかどうかは、領民に聞いてみねばわかりませぬが、みなと飲み食いし、共に川で釣りをして暮らしておるゆえ、領民一人一人と気ごころは通じております。小藩も、またよいものですぞ」

公方殿は、穏やかな口調で言った。

「はは。だが、小藩は我らもさして変わらぬか」

俊平は、笑って公方殿を見かえした。

「そちらは、柳生殿ですな」

「いかにも――」

足利公方の末裔に名指しで呼ばれ、俊平もちょっと嬉しくなった。

「じつはな、五千石の大名が柳の間では肩身が狭いと上様にお話ししたところ、ならば、菊の間の一万石の柳生殿となら話が合うかもしれぬと申されました」

「話が合う。上様がそう申されたのか……？」

俊平は、あらためて公方殿の大顔を見かえした。

「なんでも、一万石取りの大名どうしが、唐《から》の国の物語『三国志演義《さんごくしえんぎ》』の英雄劉備《りゆうび》、関羽《かんう》、張飛《ちようひ》にならって、一万石同盟なるものを結んで愉《たの》しんでおられるそうな。柳生殿のお仲間とは、こちらのお二人のことでございますな」

公方殿は、一柳頼邦と立花貫長を交互に見て愉しそうに笑った。

「まあ、さようだが」

立花貫長が、口を歪《ゆが》め、またふてくされたように言った。

「私は、根っからの田舎者《いなかもの》でな、世間というものを知りませぬ。五千石では、とても一万石大名のお仲間には入れぬかもしれませぬが、どうでござろう。図々しいお願いだが、末席に加えていただくことはできませぬかな」

「しかしの……。どうじゃ、柳生殿」

立花貫長が、斜めに茂氏を見かえし、俊平に不承不承《ふしようぶしよう》に問いかけた。

「それは、やはりまずいであろう」

貫長は、さらに二人に念を押した。

貫長は、御所殿があまり好きではないようである。

「いや、断るほどのこともないが、喜連川殿は足利家の末裔にして、徳川将軍家の客分。我らは喜連川殿からみれば、徳川家の陪臣《ばいしん》。我らとは、立場がずいぶんとちがうのではないか」

一柳頼邦が俊平と貫長に同意を求めて訊いた。

「そうだ。我らは陪臣、陪臣」

突き放すように、貫長が言う。

「まったく。さきほどの話では、喜連川殿は仙台の大大名伊達公とも対等に口をきくとか。とても我らとでは……」

頼邦も同意する。

「なんの、なんの。そのようなお気遣いは、まったくもってご無用。私は、ご先祖の残した名だけで食うておるだけ。こちらこそ、五千石取りで気が引けております」

公方殿は、大きな顔を左右に振って、頼邦の言葉を遮《さえぎ》った。

「だが、ほんとうに五千石か。ご家臣の数は」

頼邦が探るように問うた。

「およそ二百でござる」

「それは、我らより多い」

頼邦が、あきれて公方殿を見かえした。

「名声だけで、二百人の家臣を養えるものか。たったの五千石で」

「されば五千石の小藩が、いかに貧しいかいま少しお話しいたそう」

三人は妙なことになったと顔を見あわせた。

「それがしこたび、江戸へ立つ前、家臣の屋敷の塀をみな笹《ささ》の生け垣に替えるよう命じておきました。それはなぜと思われる」

「笹の生け垣の」

一柳頼邦が、きょとんとした顔で公方殿を見かえした。

「鼈甲垣《べっこうがき》と申すものにて、それはなかなか風情《ふぜい》がござる」

「ご趣味のよろしいことでござるな。だがそれがどうしたと申される」

立花貫長が興味なさそうに返答をし、煩《うるさ》そうに唇を歪めた。

「いやいや、趣味で申しておるのでござらぬ。板の生け垣が腐っては修理代がかかる。まことに貧乏な小藩の領主は、そこまで領民に気を配っておるのでござるよ」

「領民の家の塀までもお気づかいになられるのか」

一柳頼邦が、ようやく公方殿の話に納得してうなずいた。

「いまひとつ、喜連川には、名のとおり川が流れておりましてな。鮎《あゆ》の名所となっておりますが、我が藩では鮎釣りは下級の藩士のみに許し、鑑札《かんさつ》を与えております。釣れた鮎を、仲買人を通して旅籠や茶屋に売り、生活の足しにさせるためでござる」

「鮎など売ったところで、たかが知れておろう。ご貴殿の藩の家臣は、いったいいかほど俸禄をとっておられる」

一柳頼邦が、真顔になって茂氏に問いかけた。

「まあ、均《なら》せば七石というところでござろう」

「な、七石——！」

三人が、呆気《あっけ》にとられて茂氏を見かえした。

柳生藩でさえ、均《なら》せば家臣は三十石ほどはとっている。

「それでは、生活できまい」

俊平が訊いた。

「それゆえ、みな食うものは己の畑で育て、まったく金は遣《つか》いませぬ」

「いやいや、見あげたお心がけだ。されば、こちらこそご交誼《こうぎ》をたまわりたい。お教えいただくことは山ほどありそうだ」

俊平が、すっかり感心して公方殿を見かえした。

「だが、それだけやりくりに心を配られておられるのなら、我らの仲間に加れば、飲み食いで散財いたしますぞ」

一柳頼邦が、あらためて念を押した。

「なに、当家にはご先祖様が残したわずかばかりの蓄えがござる。久々の江戸出府、見聞を広めるための、多少の遊興費なら領民も、ご先祖様も許してくれよう。じつはな、さきほど申したとおり、我が藩で酒の専売を行っておりましてな。一軒の蔵元にのみ酒を造らせており、嬉しいことにこの酒がよう売れております」

「喜連川といえば、〈駿河屋《するがや》〉の銘酒〈酔月《すいげつ》〉が有名だが……」

俊平は、かつて深川《ふかがわ》の馴染《なじ》みの料理茶屋〈蓬莱屋〉でその酒を飲んだことがあるのを思い出した。

「お聞きおよびか。まったく、ありがたいことじゃ。江戸にまで聞こえるよい酒に育ったものだ」

「ならば、ちょうどよい。今宵はその深川に喜連川殿をお誘いいたそう。我らも、駿河屋の酒で、喜連川藩の財政をお助けすることになる」

俊平が、手を打ってそう言うと、

「おお、それはなによりのお心づかい。ぜひにも」

茂氏は、満面の笑みを浮かべて俊平の手をとった。

力をこめていないのに、公方様に握られるとひどく痛い。

菊の間で話を聞いていた一万石大名が数名、ほほえましげに四人を見かえした。

三

「ほう、ここが世に名高い江戸深川の料理茶屋でござるか」

俊平らにとってはもうすっかり馴染みの店となった〈蓬萊屋〉の店先で、象耳公方こと喜連川茂氏が、ぐるりと周りを見まわし心を躍《おど》らせた。

店先の大提灯に照らされて、黒塀の向こうの松がゆったりと風に揺れている。

通りはぶら提灯片手に行き交う遊客で引きも切らず、その流れから離れて一人また一人と暖簾《のれん》を分け店に人が入っていく。

「諸国は飢饉というが、あるところにはあるものだの」

茂氏は、花街《かがい》の活気に目を輝かせた。

大名四人とそれぞれの供《とも》、合わせて八人がそれぞれ群をなし、がらりと〈蓬萊屋〉の格子戸を開けて店の奥をのぞいた。

馴染みの番頭が現れたので俊平が、

――こちらは公方様、御所様と呼ばれておられるお方だ。けっして粗相《そそう》のないようにな。

真顔でそう耳打ちすると、

――柳生様、ご冗談が過ぎまする。

と、にやにやしている。

――まずは、ご贔屓《ひいき》に。

とりあえず、番頭は茂氏にも頭を下げ、早々に店の中に消えていった。

俊平にからかわれているところを見ると、大した身分の者ではあるまいとたかをくくっているらしい。

二階の座敷に上がると、すぐに、島田の髪をきっちりと結いあげ、黒羽二重《くろはぶたえ》を小粋《こいき》に着こなした気《き》っ風《ぷ》が売りの辰巳《たつみ》芸者がずらりと顔を出し、

「まあ、みなさま、おそろいで」

と愛想よく小腰をかがめ、それぞれの大名の脇に付いた。

供の者の座は下座で左右の壁際だが、場馴れしていない茂氏の若い江戸留守居役岩河清五郎《いわかわせいごろう》は、ことに落ち着かないようすである。

とはいえ、見かけはすこぶる立派で、さすがに公方様の江戸留守居役だけあって、そのたおやかな仕種《しぐさ》は公卿《くぎょう》のようである。

俊平の脇に付いたのは馴染みの芸者梅次で、茂氏の隣は番頭に軽く見られたか、若い小顔の音吉が澄まし顔でちょこんと座って茂氏に愛想を言いはじめた。

「さあ、賑やかにやっておくれ」

俊平が女たちに声をかけると、三味《しゃみ》に太鼓《たいこ》と鳴り物も入って、芸者たちがいつもの調子で舞い踊りはじめた。

もうすっかり馴染み客となった立花貫長と、一柳頼邦は、隣についた芸者たちの酌《しゃく》でちびちびと酒器を傾けている。

下戸《げこ》に近いくせに酒好きの一柳頼邦は、もう顔が紅い。

「こちらの、ご藩主さまはな、梅次。われら城内菊の間に控える末席の一万石大名などではないぞ。十万石格の大名の詰める柳の間詰めにおられる大大名だ」

「まあ、これは」

梅次は、話がちがうと番頭を目で追いはじめた。

「よいよい。私はこの若い芸子が気に入っておる」

茂氏は、気に留めるようすもなく、音吉の勧める酒をにこにこと微笑みながら盃で受けた。

「公方様がお客さまとあらば、御簾《みす》でもご用意しなければなりませんこと」

梅次はそう言って、茂氏に微笑みかける。

「じつはな、梅次。今日、こちらの公方さまをここにお連れしたのは、われらと義兄弟の契りを結ぶためなのだ」

「まあ、義兄弟――！」

梅次が、おどけて立花貫長と一柳頼邦を見かえした。

立花貫長は憮然《ぶぜん》としている。

「公方様がお仲間とは、おそれ多いとお断りしたのだが、ぜひにも入りたいと申される。まあ、そういうわけで、今日は義兄弟の契りの盃をあげるのだ。支度《したく》してくれぬか」

俊平が冗談めかして言うと、梅次が、

「まあ、どんなことをすればいいんです」

「なに、婚礼儀式のような三方《さんぼう》と瓶子《へいじ》に入れた酒があればそれでいい」

「まあ、それくらいなら」

梅次がそう言って音吉に目で合図をおくると、音吉は支度のために帳場に伝えにいった。

「で、こちらさまは、どちらの御所さまなんでございましょう」

隣で眉の濃い辰吉姐《たつきちねえ》さんが、茂氏を挟んで前かがみに梅次に問いかえした。

「下野《しもつけ》の喜連川だよ」

「喜連川、京にそのような場所がございましたか」

梅次が、真顔で問うた。

「いや、下野の京だ」

公方様は、冗談めかしている。

「まあ、下野の京。なんのことかしら」

「奥州街道沿いの町だよ。宿場沿いの小さな領地だ。だが、よい酒があるぞ」

茂氏が、悪びれずに言った。

「まあ、なんというお酒でございます？」

梅次が問う。

「駿河屋の〈酔月〉だ」

「まあ、〈酔月〉、どこかで聞いたことがございます」

「ここで飲んだよ」

俊平が、笑って言った。

「うちでは、駿河屋の酒を専売して大きく育てた。評判で、仙台の伊達家にも、贔屓《ひいき》にしていただいている」

「まあ、伊達さまが」

「江戸にもご贔屓はおるぞ、〈橘屋忠兵衛《たちばなやちゆうべえ》〉のところにもある」

これは、当代きっての料理茶屋である。

「まあ、飲んでみたい」

「私はいちど、この店で飲んだが、あの味が忘れられず、酒屋に買いに行かせたものの人気があって容易に手に入らぬようだ」

俊平が、調子に乗って一度飲んだだけの酒を褒めそやした。

「今は置いてないようだな。女将《おかみ》に言って、補充したほうがいい。数が限られているので、しばらく待つことになるやもしれぬが」

一柳頼邦も面白がって、喜連川の酒を囃《はや》し立てる。

「ほんとうかしら」

辰吉は、ちょっと疑っているようすだ。

「ご留守居役さま、江戸のお酒はいかがでございます？」

公方様の江戸留守居役岩河清五郎に、調理場から戻ってきた音吉が訊いた。

「いや、なかなかに。このような旨い酒は飲んだことがない」

「まあ、〈酔月〉はお飲みにならない……」

「いや、あれは売り物で、我らは飲まぬ」

梅次があきれ顔で、また公方様を見かえした。

「あいや、藩では贅沢《ぜいたく》ゆえ、飲ませぬことにしているのだ」

公方様喜連川茂氏が、赤面して後ろ首を撫でた。

「なにせ、十三石取りでござってな」

岩河が、上目づかいに梅次を見かえした。

「まあ、ご冗談ばかり。なんだか、わけがわからない方々でございます」

梅次が苦笑いして、俊平にしなだれかかった。

「いやいや、こちらはまことの御所様だ。私は松の廊下で、並いる大名が御所様、御所様と取り入っておるのを見た。だが、この御所様のご領地は、聞けば小さな宿場町で禄高も五千石。正確には大名ですらないというので安心した。私は今でもまだ、狐につままれた思いなのだ」

一柳頼邦が、ひそひそ話でもするように口を尖らせて音吉に伝えた。

「じゃあ、やっぱりこちらは公方さま……」

梅次と辰吉が、驚いて顔を見あわせた。

「ところで、公方殿。城中でのお話だが、当藩は前例のない凶作にみまわれ、領民には年貢を軽減し、藩士は諸事切り詰めておる。飢饉対策の知恵をお借りしたいと仰せだが、米は金があれば買える。藩の金蔵を潤《うるお》す策があれば、あらためてお教えいただきたい」

一柳頼邦が、茂氏の知恵を試すかのように問いかけた。

「はて、難しいご質問だが、わが家臣にも強いておるが、まずは藩士の俸給を削られることであろうな」

「藩士の棒給でござるか……」

頼邦が、困ったように自藩の家老喜多川源吾を見た。

「それは、ちとかわいそうだな」

俊平も公方様を見かえした。

「いやいや、切り詰めねばならぬのなら、腹をくって切り詰めるよりない。たとえばこの岩河清五郎は江戸留守居役だが、役儀から諸藩の同役とのつきあいもあろうゆえ十三石取りとしたが、じつは他の藩士はさらに少ない」

「たとえば、百石でござる。その他はすべて七石でござる」

「家老は、家老でいかほど」

百石はおよそ今日の価値で一千万円ほど、七石は七十万円になるが、その米を四公六民の配分で農民とわけるため、手取りは二十八万円にしかならない。

揉みあげが顎までのびた筑後三池藩士で奴《やっこ》のような諸橋五兵衛《もろはしごへえ》は、哀れな眼差しで喜連川藩の留守居役を見やった。

「それだけの額なれば、町人の大工の暮らしにも劣ろう。いったい、どのようにして暮らしておられる」

立花貫長が皮肉げに訊いた。

「なに、喜連川は田舎ゆえ、ほとんど金を遣う場がござらぬ。川にゆけば魚が釣れる。山に入れば木の実が採れる。庭には野菜を植えてござる。せいぜいが、酒代と数年に一度しつらえる衣服の代金」

「いや、いや、驚いた。なんとも堅実な暮らしぶりよの」

一柳頼邦が唸った。

一揆騒ぎで頭をかかえる一柳頼邦にも、なんとも想像のできない話らしい。

「喜連川って、まるで仙人境のようなところ。私たちも、そんな暮らしがしたいものでございます」

梅次が、冗談半分に言った。

「無理だ、無理だ。梅次ならそのような暮らし、三日もつづけられぬぞ」

俊平が笑いながら言う。

「まあ、そうかしら」

「とまれ、御所殿から学ぶところは多い。かくなるうえは、ぜひにも我ら一万石同盟にお加わりいただきたいが、どうであろうな」

俊平は、一柳頼邦と立花貫長をそれぞれ見かえした。

「さてな」

貫長は、憮然とした表情である。

本音は認めたくないらしい。

「不服か、貫長殿」

俊平が、さらに問いかけた。

「不服ということもないが、なにやら面白うない。石高は我らの半分とはいえ、やはり、こちらの公方殿はすべてに別格。身分がちがう。今日、諸大名の扱いを見て呆気にとられたわ」

「面白うないのはわかるが、その方々に丁重《ていちょう》に処せなどと強制しておられるのではなかろう」

俊平が、喜連川に向かって問いかけた。

「さよう。静かに暮らしたいのだが、声をかけられれば、応対をせねばならぬ。おつきあいをするには金もかかる。まこと、困っております。これも、先祖に足利家を持つ者の因果応報《いんがおうほう》かもしれぬ」

「因果応報。よい思いもすれば、辛い思いをすることもあるということだな」

柳生俊平が、面白そうに御所様を見かえした。

「まるで、先祖の亡霊《ぼうれい》とともに暮らしておるようなのだ」

公方様は、苦りきったように言った。

「されば、ひとまずようすを見ることにいたさぬか。いきなり固い絆を結び、我ら一万石同盟に加わらずとも、控《ひかえ》として処遇するということで」

立花貫長が言う。

「控か、妙なものじゃな」

公方様は、情けなさそうに笑った。

俊平は、頑固《がんこ》な貫長にちょっと呆れている。

「ところで、あの与作さん」

梅次がふと思い出したように、その名を言って、あっと口を押さえた。一柳頼邦には、まだ聞かせられない話と思っているらしい。

「なに、与作のことなら、とうに知っておるぞ、梅次」

一柳頼邦が、立花貫長と顔を見合わせ苦笑いした。

「与作に陣屋の馬をあずけて三十年。あ奴が郷里にひっこむまでは、毎日のように顔を合わせていた。言葉を交わさずとも、朝なにを食うてきたかまでわかるほどであったよ」

「それで、一揆のほうはどうなっているのだ」

立花貫長が訊いた。

西国は、いずれも大凶作で、貫長の領地筑後地方でも、米は例年の半分も収穫がないという。

「国表では話しあいをつづけておるよ。まず、よい方向に向かうように当分は年貢は待ってやることにした。それくらいじゃだめと伊茶が申すので、屋敷の蔵にある米を少しずつ出していき、とうとう蔵は空になった。もはや、ない袖は振れぬ。そのことは一揆《くわだ》を企てる百姓どももわかっておろう」

「蔵は空か。それは大変だな。国元の藩士は、食う米もなく、いったいどうしておるのだ」

「さいわい陣屋の前は海だ。船を出せば、魚が漁《と》れる」

一柳頼邦が飄々と言った。

「海か。それはよいな。わが三池藩は海は近いが漁れるのはせいぜいムツゴロウくらい」

貫長がぼやいた。俊平が、からからと笑った。

「もはや、望みを託すものは、甘藷しかないわい」

一柳頼邦がまたぼやいた。

「じつはな、瀬戸《せと》の大三島《おおみしま》に下見吉十郎《あさみきちじゅうろう》という者がおってな。諸国行脚《あんぎゃ》で薩摩にたち寄った折、甘藷がふるまわれての。その芋を島に持ち帰って栽培《さいばい》したところ、やせた土地でも簡単に栽培できることがわかった。吉十郎の甘藷は、近隣の島々にも広まり、こたびの飢饉でも島民の生活はびくともしなかったという。地元ではその男を神のようにあがめて、敬われておるそうだ。我が藩も、船を出してその甘藷を大三島に買いに行き、藩士一同、それを毎日のように食っておるのだ。だが、あれを毎日食うておると、胸焼けがしての。毎日は勘弁ねがいたいが、まあ、飢えるよりはよい」

「南国薩摩や穏やかな瀬戸の島々なら育とうが、その芋、北はどの辺りまで育つかの」

　俊平が考え込んで言う。

「伊茶は、芋学者を呼んでまた別の栽培方法を試みているそうで、その都度、それぞれ別の畑で育てた物を持ってくる。痩せた物、肥えた物、硬い物、柔らかい物を、とっかえひっかえ食べさせられ、江戸藩邸でも、みな唸っておるよ」

「その話は、ぜひお聞きしたい。その芋が痩せ地でも大量に穫れると聞いて、我が藩でも育てようとしておるところだ。下野は寒冷地ゆえ、育つか心もとないが」

　喜連川茂氏が、一柳頼邦を見かえして言った。

「伊茶の話では、ここ武蔵《むさし》までは、ほぼ大丈夫だろうということだ」

「ほう、それは期待がもてる」

　茂氏が目を輝かせた。

「とまれ、その芋は琉球《りゆうきゆう》を経て長崎《ながさき》に至り、いち早く薩摩で栽培されたもの。南蛮《なんばん》が原産の植物というから、当然北の限界はあろうよ」

　立花貫長が、皮肉に言った。西国の人だけに、甘藷についてそれなりに調べているらしい。

「妹の話では、石見国《いわみのくに》（島根県）の代官となって現地に向かった井戸平左衛門《いどへいざえもん》なる役人が、彼《か》の地にも甘藷を持ち込んだ。この男は幕府の禁を破って、米蔵を開放し、農民に米を分け与えたため、腹を切らされたが、志しを継ぐ者がついに甘藷の栽培に成功したという」

「偉いお人がいたものよ。とまれ石見国で栽培できるのであれば、伊予の地で育たぬわけがない」

一柳頼邦は、よいことを聞いたと膝を撫でた。

みなが、芋の話でもちきりとなったところで、いつの間にかまた座敷を離れていた音吉が、がらりと襖《ふすま》を開けた。音吉の向こうに初老の男が立っている。

「与作さんを、連れてきましたよ」

音吉が帳場から連れてきたらしい。

百姓らしくよく陽に焼けた小顔だが、幾重にも苦労皺《じわ》が額に刻まれていて、心労が絶えないらしい。おどおどしながら、部屋の中をうかがっている。

国表では、ろくに食べものもなかったので、やせ細っているが、江戸に出てきてから足腰の力はようやくもどったようで、大股を開けて立つと、くの字に開いた足で四人の大名におずおずと頭を下げた。

「おお、与作、入れ、入れ」

一柳頼邦が、手招きして与作を部屋に招き入れた。

「よろしいんで」

「なにを、遠慮しておる。みな気心の知れた方々だ。それに、おまえは藩の大事を未然に防いでくれた恩人ではないか」

〈蓬莱屋〉ではよい思いをさせてもらっているようで、小綺麗な筒袖《つつそで》を着《つ》けている。

すぐ隣に座り込ませた与作を、

「おお、江戸で会えるとはの」

頼邦は、涙を流さんばかりに抱き寄せた。頼邦はもうだいぶ酔っている。

「国表ではしかたなく一揆に加わった。だが、おれはご藩主さまと、姫さまに、ひとかたならずお世話になってる。一揆勢に加わって、鋤《すき》や鍬《くわ》を向けることなんてとてもできねえ」

「わかっているよ。おまえの気持ちをないがしろにはせん。国表に飛脚《ひきゃく》を立て重臣には、指示をして一揆を率いる連中と話をさせているところだ」

「へい」

「年貢は待つ。米蔵にある米は、すでに全部引き出して供した」

「でも、それじゃあ、お殿様や姫様、ご家臣のぶんはどうなされるんで」

「わからぬよ。だが、とりあえず芋を買わせた。それで、まずは生命はつなげるだろう。それに、いま大坂の商人のもとに、金を借りに行っている。首尾よく借りられれば、それで米を購《あがな》う。ひどく高騰《こうとう》しておるが、まあ、仕方あるまい。与作、そのようなことは心配せず、まずは体をつくれ」

「へい、ありがてえお話で」

与作は、なんどもなんども頼邦に頭を下げて礼を言った。

「よい話を聞いたな」

公方様が、横から唸るように言って顎を撫でた。

「おぬし、なかなかよい男じゃの」

茂氏は頼邦の肩をとって揺すると、その細い体が枝のようにしなった。

「与作、もし、しばらく身を隠したいのであれば、喜連川に来い。我が藩みなで庇《かば》うてやる」

茂氏が笑みを浮かべて言う。

「ありがてえ。どちらの殿様か知らねえが、あっしのようなものの身を案じてくださって」

「こちらは、下野喜連川の公方様だ」

「へえ、なんだか人じゃねえほど、大きな人がいるもんだと思った」

与作が笑みを浮かべて言う。

「おいおい、人じゃないならなんだ。野豚《のぶた》か、それとも鯨《くじら》か。そうは見えまい」

茂氏が言う。

「妙な冗談を言うお人だ」

「この与作は馬の世話ばかりしていたので、人より動物の心がわかるという」

一柳頼邦が、茂氏にあらためて与作を紹介した。

「はっ、まこととも思えぬが……」

茂氏が、面白そうに与作を見かえした。

「わしも、どちらかと言えば人より獣が好きだ。喜連川には狸《たぬき》、猪《いのしし》、熊《くま》もいる」

「へえ、面白そうな所だな」

「下野は、今年から来年にかけて残念ながら飢饉になりそうだ。与作、喜連川に来て飢饉の話をしてくれ。いろいろ知って前もって備えておきたい」

「ああ、いくらでもお話はするが、やっぱり国表のことが気になるよ。この店でしばらく厄介《やっかい》になったら、ようすを見に帰りてえ」

「まあ、それがよいな。姫はよく柳生殿のところに剣の稽古にゆく。こちらの柳生殿は、よくこの店に来られるので、柳生様を通じて姫の伝言を聞くがいい。国表のことがわかる」

頼邦が、俊平を与作に紹介した。

「へい、柳生様で」

「姫は今、甘藷に夢中だよ。芋が飢饉を救うようになればよいが」

俊平は、与作の肩をとって励ました。

「どうだ、与作。我らと飲まぬか」

音吉が与作に盃をわたすと、

「ほんとうに、いいのでございますか」

はじめのうちは遠慮していたが、酒には目がないと見えて、与作は女たちが差し出す酒器を次から次とあおりはじめた。

# 第二章　飢饉《ききん》の後始末

## 一

「どうじゃ、面白い男であろう」

柳生俊平と吹上《ふきあげ》の剣術道場でひと汗かいた八代将軍徳川吉宗は、中奥《なかおく》将軍御座所《ござしょ》に戻って、さっきまでの剣の師であった俊平に気軽な口ぶりにもどって語りかけた。

稽古の折の気合がまだ残っているのか、声がかなり太い。

俊平が将軍家剣術指南役を拝命し、吉宗と竹刀を合わせるようになってはや三年の歳月が経っている。

俊平の実家久松松平家は、徳川御一門ということで、吉宗とは気心も知れ、遠慮もない。

上背は六尺をゆうに越え、力自慢で、流鏑馬《やぶさめ》や犬追物《いぬおうもの》を復活させるなど、武術にことのほか造詣《ぞうけい》の深いこの将軍は、小金牧《こがねまき》の鹿狩りの折、喜連川茂氏が大弓で手負いの猪を仕留めたのを目撃し、自分よりひとまわり大きいこの男が気に入ってずっと身辺にはべらせてきた。

聞けば、茂氏は大鐘を球のように転がし、数十人がかかっても動かなかった大石を動かしたりするという。

ある時、試みに腕相撲《うでずもう》を取ってみると見事に圧倒され、茂氏を賛美するようになった。

「茂氏は強弓《ごうきゅう》を引くばかりではないぞ。美しいものにも心を通わせる優しさも兼ね備えておる。あの体で象牙《ぞうげ》の彫刻をするのだ。だが、出来が悪いと、指先で粉々に潰してしまうそうな」

吉宗は、ひとしきり茂氏を話題にのぼらせた。

「なんと。指で象牙を潰すのでございますか」

「とにかく、途方もない膂力《りょりょく》の持ち主だ。大工が金槌《かなづち》で打つ釘を、あ奴は指先で一気に押し込む」

「話に聞けば、藩の政《まつりごと》も巧《たく》みで、領民にしたわれているそうでございます」

「うむ。身分にこだわらず、有能な者を登用して、藩政にあたらせているという。それゆえ、藩内には不満がはびこらぬらしい」

「はい」

一万石同盟に加えた男だけに、俊平も誇らしい。

「それにしても、象牙といえば象じゃが」

ひとしきり茂氏を褒めたたえて、吉宗はふとなにか大事なことを思い出したかのように象の話を始めた。

「はて、なんのお話でございましょう」

「浜御殿《はまごてん》（現浜離宮恩賜庭園《はまりきゅうおんしていえん》）の象が、金がかかってかなわぬのだ」

「あの安南象でございますな」

俊平はふと噂に聞く、巨象の姿を思い浮かべた。

珍しい物好きの吉宗は、諸国の商人を通じて、安南の白象を購入した。

その象は、琉球、長崎を経て京に入り、朝廷《ちょうてい》の前に引き出された。

といっても帝《みかど》の拝謁《はいえつ》を得るには、官位がなくてはならず、象の身ながら「広南従四位《こうなんじゅしい》白象」に称せられた。

帝の前で象は饅頭《まんじゅう》を鼻で受けとめ、こぼれたものは鼻を伸ばして集め、口に入れる。百個あまりをたちまち平らげた。

中御門天皇《なかみかど》は、そのさまにたいそう感心されたという。

この時のありさまを、のちの世の公卿の柳原紀光《やなぎはらのりみつ》は『閑窓自語《かんそうじご》』にこう記している。

洛内《らくない》では、南蛮渡来の巨象の話題でもちきりで、象宿舎である京極寺《きょうごくじ》では本堂の前の象小屋には見物人が押しかけ、押すな押すなの盛況で、象の絵を描くもの、象の物語を書くといって取材する者が列を成したらしく、また洛内には「霊獣象を見た者は疱瘡《ほうそう》や、夏風邪にかからぬ」という迷信流言が広まったらしい。

その後、この象は江戸に下る。その間、象は幾艘も船を横たえ、よせて川を渡り、七十四日ほどかかって、ようやく江戸に到着した。

象は、江戸に入って市民の熱狂的な歓迎を受け、市中を練り歩き、幕府の別邸浜御殿に入った。

珍しいものや大きなものに目のない将軍吉宗は、さっそく江戸城に象を迎え入れ、大広間の前庭で観覧した。

この時も、象使いが宮中に参内《さんだい》した時と同じように象は磨き立てられ、朱に錦糸《きんし》で刺繍《ししゅう》した鞍掛《くらがけ》を付け、紫と白の新しい手綱《たずな》で、吉宗の前に現れたという。

これが、四年ほど前のことで、吉宗はその大象が大いに気に入り、たびたび城に招き入れ、浜御殿に小屋を建てて大切に飼っていたが、しばらくして興味を失った。

「西国は飢饉という。そちの実家である久松松平家松山藩では、数千の餓死者が出ておるそうな。西国では一揆の動きもあるという。そのような折、大飯食らいの象をいつまでも飼うておくことはむずかしい」

吉宗は、重く溜息をついて俊平を見かえした。

「象の飼育には、どのようなことで経費がかかるのでございましょうか」

「詳しくは知らぬが、当初は、輸送や小屋にも金がかかったというが、今はもっぱら食費であろう。粟、枯れ葉、米をよう食う」

吉宗は、手元の書付を手に取って読みあげた。

幕閣からも、すでに象の処分について意見が上がっているのであろう。

「四年の歳月、こうしたものをずっと喰らいつづけてきた」

「それは、なんとも物入りでございまする」

「その食費だけで飢えた者の数十人が賄《まかな》える。正直、殺処分としたいところだが、従四位の官位を得て、帝にもお目通りした象だ。おろそかにもできぬ」

吉宗の言い分は苦渋《くじゅう》に満ちている。

だが、はるばる安南から海を渡り異国の地に連れて来られたあげく、殺処分では象があまりに不憫《ふびん》である。

「なにかよい策はないものかの、俊平」

「はて、容易なことではござりませぬな」

俊平にも、すぐには妙案は思い浮かんでこない。

「とまれ、俊平。いちど浜御殿を訪ねてみてくれぬか。直々《じきじき》にあの象を目《ま》の当たりにすれば、なにかよい策が浮かぶやもしれぬ。役人どもにはそちが行くことを伝えておく」

「心得ましてございます。しかし、なにゆえそれがしが」

「なに、そちは知恵者じゃ。これまでも、余の抱える難問をいくたびとなく解決してくれた。この象のこともなんとか頼む」

俊平は深く平伏して面《おもて》を上げると、吉宗がふと思いついたように膝を打った。

「そうじゃ。そちの一万石同盟に加わった茂氏も連れていくとよい。あ奴、象のような耳を持っておる。なにやら、面白いことを思いつくかもしれぬ」

「まこととも思えませぬが」

俊平は吉宗の戯れ言に苦笑いした。

「まあ、これは戯れじゃが、できればあの象、なんとか助けてやりたいものよ」

吉宗も、もはや関心をなくしていたとはいえ、幾度も城に呼び寄せ、また浜御殿に見物に行った象を思い出し、情を甦《よみがえ》らせている。

「されば、さっそく明日にでも」

俊平は深々と平伏し、妙な話を引き受けたものだと吐息しつつ、まだ見ぬ異国の珍獣に想いをめぐらせた。

二

「これじゃア、ろくに台詞《せりふ》もしゃべれやしねえ」

俊平が手土産《てみやげ》に持参した伊茶姫の芋の餅をぱくりとひと口ほおばってから、二代目市川団十郎《いちかわだんじゆうろう》は慌てて吐き出し、前歯を押さえた。

堺町《さかいちよう》中村座《なかむらざ》三階の座長の大部屋では、弱りきった大御所の顔を、みなが心配そうにうかがっている。

「つい、むしゃくしゃしちまってね」

団十郎は昨夜、森田座《もりたざ》の看板役者澤田藤之丞《さわだふじのじよう》と表通りで出くわし、

「おめえのところ、近頃客の入りが悪いそうだな」

とからかわれ、ついカッとなって、

「この野郎ッ！」

とばかりに殴りかかったのだが、女形《おんながた》のくせに腕っぷしのやたらに強い藤之丞から反撃の拳《こぶし》を顔面に食らい、前歯がゆるゆるになってしまったという。

――歯がしっかり口の中で収まってねえんで、どうしても気の抜けたような声になっちまう。

ということだそうである。

このところ、西国の飢饉が影響して、江戸でも不景気風が吹きはじめている。芝居小屋の入りもひと頃の七、八分。満員御礼の幟《のぼり》は、このところめったにはためかない。

堺町界隈《かいわい》で櫓《やぐら》をならべている芝居小屋の連中は、どこも苛《いら》ついているらしい。

「心持ち、どうも台詞まで抑え気味になっちまってる。役者は大向こうまで声が届いてなんぼだ。台詞が聴こえねえ団十郎じゃ、金を返してほしいって、怒鳴《どな》られちまうぜ」

団十郎はそう言って、俊平を情けなさそうに見かえした。

当代きっての千両役者二代目市川団十郎だけに、台詞の大切さはしっかり承知している。はっきりと大きな声で発声するよう心がけているし、常日頃から若い大部屋役者にも念仏のように繰り返し教えている。

だが、歯は役者の宝、これがしっかりしていないと、にっちもさっちもいかないということらしい。

「売られた喧嘩だったが、買ったおれが悪かったよ」

うらめしそうに芋の餅の串を眺めて、もういちど団十郎がこぼしてみせた。

「それは、たしかにまずかったね」

いつものように諸肌脱いでうつ伏せになり、医師宗庵《そうあん》に灸《きゅう》を据えてもらいながら、俊平が団十郎に応えた。背中で、灸が六つ紫煙をあげている。

「宗庵先生、なんとか緩《ゆる》くなった歯を元にもどせないものかね」

俊平が宗庵に語りかけた。

宗庵はほとんど座付きといっていい町医者で、団十郎も俊平もその灸には信頼を寄せている。

この日、俊平は城を出て、芝居の幕の下りた楽屋裏にふらりと立ち寄った。

若手の役者に茶花鼓《ちゃかぽん》の稽古をつけてやる約束になっていたし、宗庵が来る日であることも頭を過《よぎ》った。

城で吉宗の悩みを聞いているうちに、俊平も肩が凝《こ》ってしまったようであった。

「そりゃ、難しいよ、柳生の御前」

宗庵は、すぐさま首を振った。

「まあ、せいぜい塩を塗って、引き締めるのがせいいっぱいじゃないかね」

「もし抜けそうになったら、どうしたらいい」

団十郎が、前歯を抑えながら言った。

「わしは本道医でな。歯のほうは診ておらん。だが、どうしてもと言うのなら、思い切って抜いてしまって、入れ歯をするよりあるまいと思うよ」

「入れ歯かい」

団十郎は、悲惨な顔で宗庵を見かえした。

「たいがい柘植《つげ》の木でできている。針金を曲げて、こう、周りの歯にひっかける」

宗庵が、指を鍵形に曲げて引っかける所作をしながら言うと、

「へえ、入れ歯ねえ」

隣で腕を組んで話を聞いていた団十郎付きの達吉《たつきち》が、唸るように言った。

「そんなもんがあるとは、ちっとも知らなかった」

「そういう物も、あるにはある。だが、あまり知られておらぬし、だいいち高い。おまえでは買えぬものだ」

宗庵が、医者らしい威厳を込めて言った。

「金はいい。だが柘植の歯じゃ、白い歯の間で目立つな」

大御所が、不満そうに言った。

「そりゃ、千両役者の市川団十郎が、茶色い柘植の歯を見せて見得《みえ》を切ったんじゃさまにならないよ」

中村座のご意見番、元女形で今は戯作者の宮崎伝七《みやざきでんしち》翁が、横でにやにや笑いながら話に口をはさんだ。団十郎一座では、いちばんの物知りで、座員の尊崇《そんすう》を集めている。

そう言えば、俊平も柘植の入れ歯について、耳にしたことがある。

他でもない、柳生藩二代藩主宗冬《むねふゆ》の墓には、故人の遺品として柘植の入れ歯が収められていたという。用人の梶本惣右衛門が聞いたということで、

「それはもう見事な造りで、歯のかたちに丹念に彫り込まれ、磨きをかけられ、もしそれが白い色であったら義歯とはとても思えないほど精巧な逸品《いっぴん》であったという話でした」

などという話だ。

「だが、やっぱりなァ、そんな茶色の入れ歯じゃ、お歯黒みてえで、いけねえよ。おれは女形じゃねえ。芝居を観に来た江戸じゅうのご新造《しんぞ》がケラケラ笑いだすよ」

大御所が情けなさそうに言うと、一同も大笑いした。

「だが、他に手がないわけじゃない」

「へえ、焼き物かい?」

宗庵が、手を振って話を遮った。

「奥の手だ。歯の色と同じ白くて硬い物がある」

大御所が、意外そうに道庵を見かえした。

「いや、そんなもの口に入れたら、割れたときに危ねえよ。そうじゃなくて、象牙《ぞうげ》だ」

「象牙……?」

達吉が、不思議そうに宗庵を見かえした。

「象の牙《きば》だ。象は一生のうちに何度か牙が生えかわるという。象牙はみごとな光沢で加工しやすく、我が国にも入ってきているが、南蛮諸国でも宝石の原石のようにそれでいろいろなものを造るってことだ」

「なあるほど」

団十郎は、明るい顔で宗庵を見かえし、うなずいた。

「なるほどな、象牙の入れ歯とは知らなかった」

灸が効いてきたのか、とろりとした顔になった俊平がうなずいた。

八代将軍吉宗になって始まった開放政策によって、長崎には漢書訳の書物をはじめ、さまざまな南蛮の珍品が流れ込み、それに混じって象牙も輸入されている。

吉宗から聞いた喜連川茂氏がひねり潰したという象牙の彫刻も、そうした輸入品だったらしい。

象はかつては想像上の動物とされ、象に乗った天竺《てんじく》の神々も描かれ、神に身近な霊獣とみなされていた。

だが、過去にも何度か渡米し、このたび吉宗が安南の象を買い入れ、江戸に招き寄せてからというもの、江戸はしばらく象の話題一色となっている。俊平はまだ象の姿を見たことはなかったが、吉宗の話や、団十郎の象牙の入れ歯の話を聞いているうちに、だいぶ身近な存在となってきた。

団十郎も初代団十郎が演じた『傾城王昭君《けいせいおうしょうくん》』に、新たに安南の象を登場させ、『象引《ぞうびき》』と改題、中村座で初演している。

「ああ、象牙はいいが、このところますます高値になっているらしい。早くしないと手に入らなくなるそうだよ、大御所」

宗庵が念を押した。

「へえ、だが、まだ歯は抜けちゃいねえよ」

「たしかこの間、贅沢禁止のお触れがあって、長崎の商人がお上に遠慮してあまり輸入しなくなったらしい。それでも歯の欠けた金持ち大名はなんとかして手に入れたがるので、値が吊り上がっているらしい」

物知りの宮崎翁が、思い出したように言った。

「そいつは困ったな」

大御所が眉をひそめた。

「だが、高値でいいなら、買えないわけじゃないと思うよ」

宗庵が慰めるように大御所に言った。

「それなら、ぜひ買いたい。売り手を教えてくれないか、先生」

「たしか、平野屋《ひらのや》という商人が扱ってる」

「平野屋、かい？」

「江戸じゃ、あまり聞いたことのない名だが、もともとは大坂の両替屋だった。もっと前は、長崎の貿易商だったという噂もある。もしかしたら象を扱っていたかもしれねえ。妙に象に詳しいんだって、もっぱらの噂だ」

宗庵が、どこか羨《うらや》ましそうに平野屋について語ってみせた。

「その商人、儲かる物ならなんでも扱うのか」

俊平が、呆れたように宗庵に訊いた。

「なんでも、お大名の上客を摑《つか》んでいるらしい」

「私もいちおう大名だが、さっぱり縁がないねえ」

「そりゃあ、俊平先生。一万石じゃあ」

大御所が、めずらしく冗談を言って口を押さえた。

「まあ、このままじゃ、役者稼業を捨てなくちゃならねえ。宗庵さん、この際、金には糸目をつけねえ。その象牙の入れ歯、どうやったら手に入るか調べてみちゃくれねえか」

大御所が宗庵にそう言って、手を合わせる。

「わかったよ。ほかでもねえ、大御所の頼みだ。それに、平野屋も団十郎が象牙の入れ歯を使っているとすりゃ、いい宣伝になるだろう」

「そうかい」

大御所は、嬉しそうにそう言って相好《そうごう》を崩した。

「それにしても、象の牙から入れ歯がねえ」

達吉が腕を組んで、幾度もうなずいてみせた。

「そうさ。古今東西、象ほど巨きな生き物はないという話だ。牙だってばかでかい」

宮崎翁が言った。

「その象について、昨日、お城で上様とお話ししたばかりだ。今は浜御殿に飼われているそうだな」

俊平が、みなを見まわして言った。

浜御殿は、かつて幕府の鷹狩りの場であったが、甲府宰相《こうふさいしょう》徳川綱重《つなしげ》がこの地を拝領。埋め立てて別邸をこしらえたのが始まりで、以降、将軍家の別邸として御殿を改修して茶園、火薬所、庭園が整備され、今日に至っている。

「いやァ、あの象はすごいよ。なにせ、従四位の象だ」

「へえ、先生、象に官位があるんで」

驚いて、達吉が宮崎翁に訊ねた。

「京で帝にお見せするので、官位がなければお目通りかなわぬというわけで、急に象に官位を与えたのだそうだ」

「妙な話だな」

俊平が苦笑いした。

「おれも見た」

達吉が、ひと昔前を思い返すように言った。

「じつはな、わしはあの象に腹を立てておる」

宗庵が、思い出したように声を荒らげた。

「いったいどうしたね、宗庵先生」

宮崎翁が、笑いながら宗庵に訊ねた。

「あの象の糞《くそ》を薬だといって売っておる悪党がおってな」

「象の糞が薬だって。嘘だろう」

達吉が、あきれ顔で問いかえした。

「いや、薬の名は〈象の泪《なみだ》〉という。わしの患者がよく効くと聞いて手を出し、十両ほど遣ったが、ちっとも治らぬどころか腹をこわしてしまった。やめろと何度も言ったのに、ずいぶん苦い思いをさせられたそうだよ。象の糞なんかが、薬になるもんかい、まったくあくどい商売だ」

宗庵は、俊平の背中の灸も忘れてすっかり興奮している。

「宗庵先生、熱いよ」

俊平がうつ伏せのまま、顔を紅らめ甲高《かん》い声で叫んだ。

宗庵が、慌てて竹の鋏《はさみ》で灸を摘《つま》んで鉢に投げていく。

「宗庵先生、その話はおれも知ってるよ」

宮崎翁が言った。

「なんでも、象の世話をやいていた者が、そんな商売を思いついたそうだ」

「象は霊獣だからね。昔、駱駝《らくだ》の姿を見ただけで、腰痛が治ったという話があった。異国の獣が、なんで体を治すんだ。まったく妙な話だよ」

大御所も呆れている。

「まったく悪知恵のはたらく男がいるもんだね。ところで柳生の御前、調子はどうです」

宗庵が、俊平の横顔をのぞき込んだ。

「なんだかすっかり体が軽くなった。寿命が三年ほど伸びた気がする」

とまれ、明日浜御殿に行ってくるつもりである。俊平はその霊獣の顔が見たくなった。

三

その翌日、俊平は公方様喜連川茂氏の江戸屋敷に使いを送り、浜御殿までともに足を運ばぬかと誘いかけた。

返事はすぐに来て、

──お仲間に入れてもらえたようで、天にも昇る思い。なにを置いても駆けつける。

と、いった内容が古風な書状筒に入れられ、浮かれた筆致で記されて送られてきた。

浜御殿には、俊平は用人梶本惣右衛門を伴い、公方様は茶袋を担いだ岩河清五郎という留守居役をつれてきた。

供同士が話をしているのが耳にも届くが、〈蓬萊屋〉ですでにだいぶ気心を交わせていたのであろう。また共に飲もうと楽しげである。

遅れて伊茶姫も稽古着のまま駆けつけ、その男装姿に目を白黒させる門衛をよそに、俊平を見つけてつかつかと近よってきた。

袋を提げている。中は芋である。すぐに惣右衛門がそれを受け取り、担いだ。

浜御殿は、その後に六代将軍家宣《いえのぶ》によってさらに手を加えられたが、そうした文人趣味のない吉宗の代になると、雑草が生え、訪れる者もなく庭の奥の林の向こうの象小屋も、忘れ去られたようにぽつんと佇《たたず》んでいる。

石丸《いしまる》定右衛門《じょうえもん》という名の奉行と、七人の象役人が揃って四人を出迎えた。

役人たちは、いずれも酒気を帯びている。

「象のことを思い出すお方とてなく、ご覧のとおり、無聊《ぶりょう》をかこつ日々を送っております」

石丸が、そう言って酒気をはらい襟《えり》を正した。

すると、小役人の中から、前野壮右衛門《まえのそうえもん》という壮漢がすすみ出て、

「これは、柳生先生」

と、野太い声をかけてきた。

聞けば、柳生の門弟で、十日に一度は木挽町《こびきちょう》の柳生道場に稽古に通っているのだという。

「ほう、それは感心だな」

俊平が腕をたたいてやると、ひどく嬉しがる。剣術の腕はさほどではなく、道場では小さくなっているのであった。

「あ、これは伊茶殿」

壮右衛門は、伊茶にも一礼した。

奉行石丸定右衛門は、七人の象役人をそれぞれ紹介し、さらに二人の小者を呼び寄せた。

一人は庄助《しょうすけ》という初老の飼育係で、酒の匂いをぷんぷんさせている。

もう一人は源助《げんすけ》というちょっと乱暴者といったふぜいの男で、象の出す大量の糞を片づける役目だという。

なるほど庭の隅で、人足が桶《おけ》に納めた大量の糞を、大八車の荷台に積み込んでいる。

「大変な仕事だな」

俊平が源助をねぎらえば、目つきの悪い男でぎろりと俊平を睨んだ。

「この者、なかなか目端《めはし》の効く男でございましてな。あの糞でひと儲けを企んでおります」

前野壮右衛門が、横から耳打ちした。

源助は、糞を〈象の泪〉と称して町で売り歩き、儲けていると壮右衛門は言う。

「ほう、〈象の泪〉か――」

俊平は、宗庵の話を思い出し、あらためて源助を見かえした。

「象は霊獣、その糞も尊いというわけでござろう」

公方様喜連川茂氏が、面白そうに笑っている。

壮右衛門の話では、源助は元町《もとまち》の乱暴者で〈気晴らしの源助〉という二つ名をとっていたが、誰もが嫌がる象の糞の処理でよくはたらき、役人の財と信頼を勝ち取ったという。

初めから、象の糞を薬として売る下心があったのだろう。

(したたかな奴だ。転んでも、ただでは起きぬたぐいの者だな)

そう思った俊平は、源助に歩み寄り、

「どうだ、儲かるか」

と、声をかけた。

ひとかどの武家に声をかけられ、一瞬源助はどぎまぎし、どう応えてよいのかわからないようすである。

「まあまあで」

言って、いやいや源助は腰を屈めた。

「一人で商売をやっておるのか」

「いえ、一人じゃぁ、とても」

源助が言うには、平野屋という大坂から出てきた商人が、商売の知恵を授けてくれて一緒にやっているという。

平野屋といえば、中村座で聞いた象牙を扱う商人である。

「その者なら、大坂の両替商で、私もよく知っております」

伊茶姫が、横から話に入った。

「米相場にも手を広げており、我が藩も昨年の飢饉の折には、金策のため大坂の店を訪ねましたが、我が藩などでは商売にならぬらしく、門前払いを食らわせられました」

「それは、災難であったな」

俊平は小声で応じた。

「しかしながら、伊予松山藩とは関係が深いようで、昨年の飢饉では幕府の貸付をすべて自らへの返済に当てさせ、松山藩はお咎めを受けたそうにございます」

「はは、その話は聞いたぞ。なにやら、いわくつきの商人のようだな」

俊平が、もういちど源助を見かえし、うなずいてみせた。

「あいすみません」

二人の話が聞こえたのか、源助がこちらを向いてぺこりと頭を下げた。

「おまえが謝るようなことをしたわけでもあるまい」

「へい」

源助は、苦虫《にがむし》を嚙《か》みつぶしたような顔をしている。

くだんの象小屋は、浜御殿の広大な敷地の片隅、海に面した松林の中にあり、遠目には大きな物置きのような造りである。

この向こうには、船着き場が見えている。

「ほう、あれか」

俊平が、奉行の石丸定右衛門に声をかけた。

役人に案内され、小屋に入ってみると、すぐにむっとした臭気が鼻をついた。象の糞の臭いである。

檻《おり》の奥の暗闇に、象らしき生き物が蠢《うごめ》いている。

「ほう、あれが象か」

茂氏が、薄闇を透かすようにして前方を見て言った。

「はい」

前野壮右衛門がすぐに応える。

「名はなんと申すな」

俊平がさらに壮右衛門に訊いた。

「清国《しんこく》の商人が長崎では、大象《ダーシャ》と呼んでいたとかで、以来大象と呼んでおります」

「大象《ダーシャ》か」

俊平が、もう一度その名を口ずさんでみた。

異国の響きがするなんとなく愛嬌のある名で、妙に親しみが湧いてくる。

俊平はこれまで、象というものを見たことがない。

だが、

――思ったより小さいな
と俊平は思った。

ちなみに、アジアの象はアフリカ象に比較して体は小さい。

白象と聞いていたが、色が白くないと俊平は思った。

もう一歩歩み寄ってみると、肌が荒れているのがわかる。

「これはひどいの。あまり手入れをしてやっておりませぬな」

惣右衛門が顔を歪めた。

象の体に塵《ごみ》がついたように糞がへばりついている。

「皮膚も爛《ただ》れておる」

寡黙《かもく》な茂氏の留守居役岩河清五郎があきれたように言う。

飼育係の庄助はどこかに消えてしまったようだ。

「かわいそうに。象は泣いておるようだ」

俊平が、後ろからついてきた源助に言った。

「なぜ、手入れしてやらぬのだ」

象の大きさをぐるりと見まわし、肌をたしかめていた茂氏が、怒ったように言った。

「へ、へい」

源助は、嫌な顔をして俊平を見かえし、頭を下げた。

「公方殿、なにやら象の心がわかるようだな。象と話しているようにお見受けする」

俊平が訊いた。

「なんとなくわかる。私は象とは相性がよいようだ」

茂氏がうなずいた。

「そういえば、象もじっと公方さまを見ておるような」

惣右衛門が言う。

「まことにございます。公方さま。なんだか妙でございます」

伊茶が、あらためて茂氏を見かえした。

「御所さまのお耳が似ているからでございましょうか。そういえば、大きなお体もよく似ておられます」

姫が、クスクスと含み笑って肩をすくめた。

「これ、姫。戯れ言を申すものではない」

俊平がたしなめると、

「でも、まことでございます」

姫は、真顔になって象と茂氏をくらべた。

「それにしても、象はじっと喜連川様から目を離しませぬぞ」

惣右衛門も、不思議そうに言う。

「なぜであろうな」

俊平も、惣右衛門と目を見あわせた。

「さて、芋だ」

俊平が、伊茶姫をうながした。

「おおい、庄助」

俊平が、飼育係に声をかけた。

隠れていたのだろう。小屋の隅から小男がまた姿を現した。

「こちらの姫さまが、新しい餌《えさ》を用意なされた。与えてみよ」

俊平が命じると、惣右衛門が麻袋を開けて中から甘藷を数個、ごろりと藁《わら》の上に投げ出し、庄助に与えた。

「なんでございましょうな」

庄助が、怪訝な顔をして姫を見かえした。

「薩摩の地で育った芋でな。甘藷という」

「こんなものは、象は食べませんや」

「なぜわかる」

俊平が問い返した。

「もう帰ってしまいましたが、安南の象使いが、象の食うものを書き残しております。その中に、芋など書いておりません」

庄助は、日本の食べものを知らない安南の象使いが書き残した南国の高価な食物ばかりをずっと与えてきたらしい。

「この芋を私は先だって初めて食べた。だが、旨かったぞ。象にしても、きっと同じであろう。初物だからといって食わせぬ手はない。与えてみよ」

「へい、まあ……」

庄助は仏頂面《ぶっちょうづら》をして、芋を拾いあげた。

「これ。さっさといたせ」

惣右衛門が叱りつけると、庄助はしぶしぶ芋を抱えて象の檻に歩み寄った。

象の檻は、手前に格子が嵌《は》まっており、庄助はその小柄な体を横にして格子を潜り抜けると、藁束を踏みしめ、象に近寄っていく。

「早くいたせ」

惣右衛門が背後からけしかける。

庄助はふてくされたように、芋を三つばかり象の足元に放り投げた。

象は、しばらく怪訝そうにそれを見下していたが、ようやく鼻を近づけ、それを長い鼻ですくって口にもっていった。

「食べそうです」

伊茶が、思わず声をあげた。

「おお、たしかに」

俊平も、嬉しそうにうなずいた。

象は一つめの芋を平らげると、どうやら気に入ったらしく、次々に残りを掬《すく》いあげて口に運んでいく。瞬く間に三つを平らげて、機嫌よさそうに耳を扇《おうぎ》のようにパタパタはばたいた。

「おお、喜んでおるわ」

喜連川茂氏も上機嫌である。

「これもやれ」

惣右衛門が、残りの芋も袋ごと庄助に手渡すと、庄助はまた檻に潜り込んで芋を与えた。ごろりと出し、与えた芋はもう十を越えている。

象はその芋をすべて平らげると、機嫌よさそうにこちらに頭を下げ、もっとくれとばかりに鼻を上げた。

「どういたします。もっと欲しいと申しておりますぞ」

惣右衛門が、驚いて声をあげた。

「なんとも……」

寡黙な茂氏の留守居役岩河清五郎も声をあげる。

「そうなのだ。象は草でも竹でも食うと聞いた。芋を食わぬわけがない。これで、象の食費は、ずんぶんと軽減できような」

俊平が、満面の笑みを浮かべて伊茶姫に語りかけた。

「あとは、いかにこの武蔵の地で甘藷の生産量を上げるかにかかっております。小石川の薬園に戻り、昆陽先生とさらに工夫してみます」

伊茶が、上気した声で言った。

「下野《しもつけ》でも栽培できればよいがの。伊茶姫、よろしく頼むぞ」

御所殿が頭を下げると、姫はあらためてそれを制し、

「おやめくださりませ。御所さまのなさることではございません」

そう言いながらも、姫は公方様に深々と頭を下げられて嬉しそうである。

後ろで奉行所の前野壮右衛門と、六人の役人が、微笑みながら三人の貴人を見つめている。

主従五人が満足げに象のようすを見てすごし、役人たちによる歓迎の宴を愉しんで浜御殿を後にしたのは、その日もとうに五つ（午後八時）を回ってからのことであった。

四

お庭番《にわばん》の遠耳《とうみみ》の玄蔵《げんぞう》がしばらくぶりに藩邸に姿をみせたのは、浜御殿で象が芋を喰らうようすを面白く眺めて帰ってきた日から数えて三日ほど後のことであった。

「どうした、今日はそなた一人か」

夫婦のようにいつも一緒の女間者《かんじゃ》さなえは、今日はめずらしく遠国《おんごく》御用で相州《そうしゅう》に発ってしまったという。

「まずは上がれ。諸国の動静も知りたい」

いましがたまで国表からの書類に目を通していた俊平が、玄蔵を書類の散らかる藩主執務室に誘うと、

「いえいえ御前。お忙しいようなので、あっしは早々に帰ります。庭先でけっこうでございます」

と、いつものこの男らしく遠慮をする。

「すぐに帰るほどの小用のために、わざわざ藩邸に足を運んだわけではあるまい。なに、どれも大した書類ではない」

膝元の書類を脇にどけ、玄蔵を手招きして座らせると、俊平は慎吾を呼びつけ、玄蔵のために茶と例のものを用意させた。このところ俊平は、伊茶のつくる芋が好物となり、来る人ごとに勧めている。

「しばらくおぬしの顔を見ておらぬでな。その顔が妙になつかしくなった」

「こりゃァ、どうも」

玄蔵は、俊平の軽口にちょっとめんくらっている。

「これでも、上様から影目付を拝命しておる。そなたの顔を見ぬでは、上様から命じられたお役目をやっておらぬことになる」

「まことにどうも――」

玄蔵は、そう言って上目づかいに俊平をうかがっている。

俊平は、今日は玄蔵が妙にお庭番らしいきびしい顔つきをしているのが気になりはじめて、

「玄蔵、今日はちと深刻なようだ。言いにくい話か」

ようやく真顔になって玄蔵を見かえした。

「御前にかかってはもうお手上げで。こっちの腹の内まで、すっかり見透かされるようでございます」

玄蔵はうつむいて小鬢《こびん》を掻いてから、

「話の内容が内容だけに、お報せしておいたほうがよい話なので。上様も、御前のお耳に入れておけと」

「ほう、上様直々《じきじき》にか」

数日前、剣術指南で登城し、将軍吉宗に接した折には、これといって深刻な問題を抱いていそうもない将軍吉宗であったが、

（これは、よほどのことかもしれぬ……）

俊平は、あらためて玄蔵を見かえした。

「じつは、御前の御実家にかかわる問題なので」

「といえば、越後高田藩か」

柳生俊平は、柳生家に養嗣子に来る前、越後高田藩主松平定重の十一男であった。

本来なら部屋住みのまま茶花鼓《ちゃかぽん》で明け暮れて一生を終えるところであったが、剣術に秀《ひい》でたところを買われてか、柳生俊方《としかた》の養嗣子《ようしし》となり、柳生藩一万石を継いだ。

だから、実家といえば、俊平はまず思い浮かぶのは、父の治める越後高田藩久松松平家である。

「いえ、そちらのお家ではございませんので」

「はて、されば、その前の伊予松山藩か」

「へい、そちらで」

玄蔵は、首をすくめるようにしてうなずいた。

「嫌な顔をなされると思いまして、このお話を切り出しにくうございました」

玄蔵は、それでも話がすんなりと流れはじめて安堵したようすである。

「すまぬな。そちが悪いわけではない。このところあの藩の悪評を散々に耳にしていてな。なにやら、この私まで責められているような気がしていた」

「それで……」

「どうした、遠慮なく申せ」

「それでは、お伝えいたします。昨年の上様のご判断により、伊予松山藩は総入れ替えとなっておりまするな」

「うむ、そう聞いておる」

後を継いだ藩主松平定喬は、まだ十八歳と若く、幼名を百助《ももすけ》という。

俊平は、江戸の越後高田藩邸で、遊びに来た百助とよく剣術のまねごとをして遊んだ。

「しかしながら、出直したい松山藩なれどいまだ悪評がつづいております」

「つまり悪政がいまだ行われているということか」

「そうでございますが、不評を買っているのはじつはご藩主定喬殿ではなく、家老の奥平藤左衛門。ご藩主様はいまだ元服後間もなく。藩の政務は家老の奥平藤左衛門が行っておられるからです」

「そこまでのことは聞いている。その松山藩で、今なにが起こっておる」

「それが、どうも、家老奥平藤左衛門が、よからぬことを企んでおるようなのでございます」

「よからぬこととは」

「藩の蓄えが底をつき、松山藩は藩札を乱発しておりますが」

「うむ、藩札は銀札と聞いたが」

俊平が前かがみになった。

銀札は、いつでも銀に換えてくれる兌換紙幣《だかんしへい》で、松山藩は幕府の許可を得て藩札を発行している。

「その政策をいまだ継続しておりますが、その、どうも、その藩札の遣い方がまるで領民のためになっておりません」

「というと」

「失った藩の面目をとりもどすため、江戸藩邸の建て替えなど矢継ぎ早《やつぎばや》に贅沢三昧《ざんまい》の政策を打ち出しております。しかも藩札の度重なる増刷でその価値は当初の数分の一に下がっております」

「藩主はなんとかせぬのか」

「ご藩主は、吉原《よしわら》に入り浸っておられます。さらに、奥平藤左衛門は、藩主のごとくに増長し、姑息《こそく》な手段で藩の評判を補っております」

「と、申すと——」

「あそこまで飢饉がひどくなったのは、困ったときに周辺の藩が手を貸してくれなかったから、また一揆を誘いかけられて迷惑をしたなどと、妙な理屈を巷《ちまた》に振りまき、城中でもそれを信じる者が出ております」

「隣藩といえば、まず一柳殿の伊予小松藩があろう」

「さようでございます。小松藩は昨年伊予松山藩が米が収穫できず、農民が草木を食らって飢えを凌《しの》いでいた折に、見て見ぬふりをして何の手も差し延べてはくれなかったなど」

「それはひどいの。死んだ前の藩主松平定英殿は見栄を張り、わずか一万石の外様小藩の施しなど受ければ、松山藩の沽券《こけん》にかかわるといって申し出をつっぱねたというではないか」

俊平が、あきれ顔で玄蔵に言った。

「万事がこの調子で、調べて見れば見るほど嘘八百ばかり。いずれもつくり話なのでございますが、嘘から出た真《まこと》と申します。このままでは、いつしか真のようにして広まりましょう」

「やれやれ、頼邦殿にはまことにご迷惑をかけておるようだ」

「上様はいちどは懲《こ》らしめ、藩主をも交代させておられます。できれば御一門の久松松平家、たびたび罰したくはないと仰せでございますが、このままではなんらかのお裁きもございましょう」

「そうであろうな」

俊平は、腕を組んで重く吐息した。

「それで、上様は私に悪行の内情を調べてみよと仰せか」

「まあ、そういうことで」

「ふむ」

「なんとも情けないが、やらねばなるまい」

俊平は、重い吐息をもらした。

血の繋《つな》がった縁者を内偵し、場合によっては断罪せねばならない。

たしかに辛い仕事にはちがいないが、俊平に無縁な藩ではない。将軍吉宗もそれだからこそ、俊平に白羽の矢を向けたのであろう。それになにより、悪政に苦しめられる領民のことを思えば、手加減をするわけにはいかなかった。

「いや、御前もそれだけのお覚悟なれば、少しばかり安心いたしました」

「となれば、伊予松山藩の領民のくらしが心配だが、今のようすはどうなのだ」

「遠国探索の者の知らせでは、飢饉のほうはだいぶ収まってきておりますが、民の暮らしがすぐによくなるはずもなく、食うに食えぬ者が町に流入し、まるで亡者の群がご城下を徘徊《はいかい》しているようであると記しております」

「ふむ。悲しきことだ。して玄蔵、どう動けばよいであろうな」

「御前、これより後、目くばりいたしたき者は、家老の奥平藤左衛門でございます。さかんに他領に人を忍び込ませ、一揆を扇動《せんどう》しております」

「そのこと、一柳家の方々からも聞いたぞ」

「一揆の扇動は周辺の藩すべてにおよび、伊予小松藩にかぎったものではありませぬが、困ったことに、小松藩の領民がいちばんそれに乗ってしまったようでございます」

「小松藩は先代藩主が新田を大分開拓しており、昨年の飢饉も上手《うま》く切り抜けた。それが、今頃になって一揆を起こすという」

「それも、彼の地に足を踏み入れたお庭番が怪しいと睨んでいたところでございます」

玄蔵はそこまで言ってほっと息を継ぎ、慎吾が奥から皿に盛ってきた芋の餅に手を伸ばした。

「しかし、一柳様は、その動きをどうしてお摑みになったので。あれだけの小藩ですが、みごとに領民の動きを摑んでおられます」

「うむ、そのことよ」

「一揆の企てを、百姓が――」

俊平が、与作がはるばる企てを報せに来たことを玄蔵に語っているところに、当の伊茶姫が稽古を終えて現れた。

「あ、これは伊茶姫さま。お邪魔しております」

あまりの奇遇に、玄蔵もちょっと驚いて頭を下げた。

玄蔵は伊茶姫が柳生藩にとけ込んでいることに目を細めている。

「ちょうど、二人でそなたの藩の噂をしていたのだ」

「あなたは玄蔵さまでございましたね。わたくしもこの藩の者ではなく、お邪魔している口。こちらこそよろしくお願いします」

そう言う伊茶は、玄蔵に俊平の室《しつ》のように見られて、ちょっと嬉しそうである。

「はい」

玄蔵は苦笑いして、姫にまた頭を下げた。

「よいところに来た。いまこの玄蔵に隣藩の伊予松山藩の事情を聞いていたところだ」

「そのことなら、なんでもお尋ねくださりませ」

伊茶姫は、真顔になって玄蔵を見かえし、だいぶ隣藩への怒りを溜めているのか語気を強めて言った。

「姫。伊予松山藩に一揆を扇動されていることを玄蔵も上様もご承知だ。安心なされ。それにしても、なぜ小藩の小松藩を狙ってそのような仕掛けをするのか、いまひとつわからぬのだ」

伊茶姫の双眸《そうぼう》が曇った。

さきほどまでわずかに警戒の念を強めていたが、伊茶はひと安堵して相好《そうごう》をくずした。一揆の動きを探られるかと思ったのであろう。

たしかに一揆の動きが幕府の知るところとなれば、小松藩がどのような咎めを受けるかもしれない。

「それが、私の口から申すのも妙でございますが、おそらく飢饉への対応にあまりにも巧拙《こうせつ》があったからでございましょう。家老一味はいまいましく思っていたに相違ありません」

「ほう」

俊平と玄蔵が顔を見あわせた。

「昨年の飢饉の前に大雨があり、その折には根腐れせぬよう田んぼの水を抜き、稲に鯨油をかけるなど工夫を重ね、一転して旱魃《かんばつ》となると、残った稲を大事に守りぬいて、全滅をのがれたのです。さらに藩士の給与を半扶持とし、幕府からの救済金一万二千両を、そのまま領民に配りました。また、窮地に立った松山藩の農民のため、我が藩からも手を差し伸べ、米を配りました。これがかえって領民の藩政批判を招いたらしく、我が藩を逆恨みしているようでございます」

「情けない連中だ」

「それに、伊予松山藩はいまだ大坂の両替屋平野屋五兵衛《ごへえ》と切れておりませぬ」

伊茶はそう言って俊平の横に座った。

「家老一味は、先代と同じように私利私欲に走っておるというのか」

「どうやら、そのようで」

「平野屋は、江戸に進出してくると言うたな」

「平野屋五兵衛、このたび日本橋《にほんばし》の裏手小網町《こあみちょう》に江戸店を開いたようでございます。手始めに米の仲買をしておりますが、妙な薬も売り出しております」

「〈象の泪〉であろう。その話も気になるところだ。玄蔵。すまぬが、平野屋の周辺をさらに探ってはくれぬか」

「心得ましてございます」

「それにしても、そのような怪しげな薬、大商人が手を出すとも思えぬが」

俊平は小首を傾げた。

「いえ」

玄蔵が頭《かぶり》を振った。

「薬九層倍《くすりくそうばい》と申しまして、ずいぶんと高値で取引されております。たしか一包み一分とか」

「それは高い。悪い奴らよな」

「その平野屋、なにやら幕府のお偉方ともつながっておりますようで、夜毎吉原の引《ひき》手茶屋《てぢゃや》を賑わせているようでございます」

「さすが遠耳の玄蔵だ。されば、そのお偉方とはどなただ」

「それは、ちょっとばかり」

玄蔵は、苦笑いして首を撫でた。

「言えぬのか」

「御前、それればかりは……」

玄蔵は、さらに顔を伏せた。

「よほど、怖い相手らしい」

俊平は苦笑いしてやむをえず口を閉ざした。

「相手を憚《はばか》ってのことではないのでございますが。ただ、まだ決めつけるにはちょっと。それになんの証拠もございません。ご勘弁を。滅多なことを言える相手でもございませんので」

「ならば、思うがまま申せばよいのだ。わしも割り引いて聞く」

「ならば、少しだけ」

「そうこなければ、つまらぬ」

身を退く玄蔵を追いかけるようにして、俊平が前のめりになった。

「ほんのひと言だけ、申しあげておきます。さなえが今、その件で動いております」

「ほう、さすがだな、玄蔵」

俊平にそう言われて気をよくしたか、玄蔵はうれしそうに顔を見上げた。

「そうそう、忘れるところでございました。上様は象について、御前からその後どうなっておるか、ついでに聞いてまいれと」

「うむ、芋をよく食べることがわかった。これで、食費は大分浮かせそうだ」

「その、じつはこれは申しあげにくいのでございますが……」

「なんだ、食費だけではすまぬのか」

俊平は、ちょっと不満そうな表情で玄蔵を見かえした。

「あの象が、昨夜ひどく暴れたそうにございます」

「なんだと……！」

「近頃は、ずいぶん癇《かん》が立っているらしく、昨夜は飼育係の者を蹴飛ばし、重傷を負わせたそうにございます」

「ならば今、あの象はどうしておる」

「薬になるという糞を買いつける源助なる者が、やむなく象に付き添っておりますが、代わりとなる飼育係を早急に見つけねばなりません」

「あの源助は、糞で金儲けすることしか頭にない。象の世話などできまい。かわいそうな象だ。周りには、そんな者しかおらぬのか」

「どうもそのようで。御前はどなたか、象の飼育係にふさわしい者をご存じでございましょうか」

玄蔵が尋ねた。

「さて、まさか、公方様に頼むわけにもいかぬか」

俊平はふとそう考えてから、期せずして姫と顔を見あわせ、二人同時にあっと声をあげた。

「そうでございます。与作を付けてみてはいかがでございましょう」

これまでは控えめに話を聞いていた伊茶姫であったが、声が大きくなった。

「それに、与作はたしか小松の陣屋では馬の世話をしていたな」

「はい。兄頼邦の乗る馬も、あたくしの馬も、与作に任せておりました。象ともすぐに気ごころを通わせましょう」

「うむ、浜御殿ならさすがに、松山藩の者も手が出せぬであろう。それはよい」

「どうであろうの、玄蔵」

「それは妙案。例の一件を報せに来た百姓でございますな」

俊平は、あらためて伊茶姫を見かえした。

「うむ、それにしても姫は与作のことをずいぶんとお気になされておられるな」

「わざわざ船底にじっと潜んで、辛い思いをしてまで一揆の企てを報せに来てくれたのです。それに報いてやらねばなりませぬ。さらに、背後に張りつく影も気がかりでございます。匿ってやるには、浜御殿はまことに好都合」

「影とは、なんであったかな」

「あの者、江戸に出てからつねになにかに怯《おび》えておるようでございます」

「そうであったな」

「そのことを、問い質《ただ》したところ、時折、不審な者が与作の後を尾《つ》けていると申すのです。裏切り者と一揆の仲間が追っているのか、それとも……」

「うむ。あるいは松山藩の者かもしれぬな。一揆を企てる者に、それほどの余裕があるわけもあるまい」

玄蔵もうなずいている。

「御前、ならばその与作という百姓、たしかに危のうございます」

玄蔵も、ふと険《けわ》しい顔で伊茶姫を見かえした。

「なんとかしてやらねばならぬか。慎吾」

俊平は玄蔵の背後でそのまま控えていた小姓頭に声をかけた。

「そなた、〈蓬莱屋〉を訪ね、姫からの伝言と申して、姫の甘藷をぜひにも食べさせたいので、しばらく与作に象の世話を頼みたいと伝えてまいれ。それと、賊に狙われておるようだ。おまえが、浜御殿まで警護してやってくれ」

「されば慎吾さま、一筆《いっぴつ》書き添えとうございます。ぜひ与作に手渡してくださいませ」

姫が、嬉しそうに立ち上がると、

「すぐにも筆と硯《すずり》をご用意します」

伊茶姫の世話をやくことが嬉しいのか、慎吾は立ち上がる伊茶を制し、急ぎ筆と硯を用意しに隣室に去っていった。

しばらくして用意のできた硯と紙に向かい、伊茶姫が流麗《りゅうれい》な筆さばきで書付をしたためていく。

それを玄蔵も目を細めて見ながら、

「与作とやら、象を手なずけてくれればよろしうございますな」

俊平と伊茶姫に語りかけた。

「なに、大丈夫でございます。与作の手なずけた小馬は、みなよい馬に育ち、兄頼邦も満足しております。馬の心がわかるのではないかとまで申しておりました。あの者、きっと象の心もわかるはず」

伊茶姫が、俊平を見かえして期待を込めてうなずくと、

「それじゃ、あっしは」

「あ、待て。玄蔵」

話が落ち着いたところで立ち上がった玄蔵を、俊平が呼び止めた。

「土産があるぞ」

　ふたたび慎吾に目で指示をする。

「芋の餅だ。これは滅多に食べられるものではない。姫さまの手づくりだ」

「芋の餅……？　それはめずらしうございます」

　玄蔵は、ちらと伊茶姫を見かえして破顔すると、とろけるような笑みを返した。

## 五

「まあ、こちらが公方さま。なんと、ありがたきお方にお目にかかれたことでございましょう。まことに光栄に存じます」

「もう、目が潰れそう」

　すでに歳を重ねた、だがまだじゅうぶんに若く麗しい元大奥《おおおく》のお局《つぼね》たちが、俊平が連れてきた気のよさそうな大男をぐるりと取り巻いた。

　お局の館といっても、大奥ではない。中村座からさほど遠くない葺屋町《ふきやちょう》の元大奥お局方の館である。

　将軍吉宗が就任早々、大奥の改革に乗り出し、

——見目麗しき女人なれば、嫁の口はすぐに見つかろう。

と美貌に恵まれた者からまっ先に、金のかかる女たちを大奥から追放してしまった。その数およそ五十人。

女たちは白眼視する実家にもどらず、みなで肩を寄せあって、習いおぼえた芸事を生きる糧《かて》として、ともに暮らしはじめたのであった。

芝居帰りに、俊平の前をゆくこの浮世離れした女たち一行が、町のやくざ者にからまれ、難渋しているところを助けてやると、ともに芝居好き、また俊平が茶花鼓に通じているところも話が合って、すぐに親しく接するようになり、以来遠慮のない関係がつづいている。

たまたま義兄弟の契りを結んだ二人の大名も、その一人一柳頼邦の妹伊茶姫も、さらには千両役者の市川団十郎まで伊茶姫のびわの葉の治療が気に入って出入りするようになり、ここが俊平を取り巻く人々の溜まり場のようになってしまっている。

——世間知らずゆえ、どうかめずらしいところを紹介してくだされ。

と懇願《こんがん》する喜連川茂氏を、

(はて、どこに連れていったらよいものか……)

と思案したあげく俊平は、敬して遠ざけられ日々孤独という茂氏を、賑やかなお局館に案内した。

「まるで、どこかの村の庄屋のご隠居さまのようでございます」

宗匠頭巾《そうしょうずきん》に茶羽織《ちゃばおり》で、供もつれずお忍びで現れた茂氏を、吉野《よしの》はそう評して、みなとうなずきあった。

「ほんとうに、こちらはまことの御所さま？」

若い元お局の雪乃《ゆきの》も言う。

「まことじゃよ」

みなに迎えられ、喜連川茂氏は照れたように顔を紅らめ、にこにこと笑みをかえした。

「わがご先祖足利将軍も、室町《むろまち》の館ではこのような綺麗どころに取り巻かれて、華《はな》やかに暮らしていたのであろうかの」

女たちを見まわしながら、玄関先でひとりボソボソとつぶやく茂氏を、両手を曳《ひ》いて居間に連れていくと、女たちは茂氏をさっそく上座に座らせて、わいわいと取り囲んだ。

「このような、見目麗しき方々は、喜連川の田舎には一人としておらぬな」

「まあ、喜連川さま。いっそ公方さまとお呼びいたしたほうがよろしうございましょうか」

常磐《ときわ》と志摩《しま》が三つ指をついて挨拶《あいさつ》を始めた。

「まあ、どちらでもよいが」

茂氏が、困ったように後ろ首を撫でる。

「まずは、公方さま、お茶にいたしましょうか。それともお酒に」

常磐が、ちょっと格式張った丁重な物腰で茂氏に問うた。

「それ、そのような。私は田舎者でな。ざっくばらんに願いたい」

「さよう。みな、大奥の真似ごとをしたいのであろうが、こちらの公方様は五千石。われらとおなじ調子でつきあってやってくれ」

俊平が、恐縮する茂氏に助け船を出した。

「まあ、さようでございますか、でもこちらは、足利将軍の末裔だそうな。世が世であれば、あたくしどもは、お目にかかることさえできぬお方でございまする」

綾乃《あやの》が、常磐とそう言ってもういちどうなずきあった。

「ともあれ、嬉しい出会いができました。これからも公方さま、どうかご遠慮なくお遊びにまいられませ」

常磐が、茂氏の手を握らんばかりに声をかける。

「ぜひにもうかがいたい。それに話を聞けば、伊茶姫はびわの葉にて貴賤《きせん》の区別なく病《や》める者の体を治療してくださるという。この五千石のわしにも、治療をほどこしてくだされようか」

茂氏は、隣に座した伊茶姫に声をかけた。

伊茶姫とはとうに顔見知りとなっているが、まだゆっくり話したことはない。

「もちろんでございます。公方さま、どこかお悪いところでも？」

「このように図体ばかり大きな体をもてあましておってな。みなに乞われて強弓を引き、大石を転がす。それゆえ時折、節々が痛む」

「それなら、びわの葉で体を温めるとよろしうございます。血の巡《めぐ》りがずっとよくなります」

「それはありがたい」

「俊平さま？」

姫と茂氏の話を聞いていた吉野《よしの》が、俊平の腕にからみついて、にやにや笑いはじめた。

「強敵が現れましたぞ。姫さまをとられそうでございます。この吉野はいつでもお待ちしておりますので、お声をおかけくださいませ」

「おやおや、吉野さんはさっそく攻勢に出ていますね」

常磐が笑いながら吉野に言う。

「いいえ、私は俊平さまひと筋。たとえやんごとなき公方さまといえども、心は動きませぬ」

他愛のない冗談をつづけているうちに、お局方の腕によりをかけた歓迎の膳が出てくる。

公方様の領地が山国ということで、海の幸が並ぶ。

「ほう、江戸前のものが並んでおりますな」

「公方さまがいらっしゃるというので、腕によりをかけてございます」

「大したものはつくれませぬが、江戸の庶民の料理にございます」

膳の揃ったところで、綾乃がまた三つ指をついて歓迎の挨拶をした。

「いやいや、ありがたい」

「そちらのご家来も」

吉野にすすめられ、岩河清五郎が恐縮している。

「山国ゆえ、馳走といえば猪鍋、このような海の幸は生まれて初めてでござる」

悪びれずに清五郎が言う。

「これはなんでござるな」

公方様が小鉢の白い魚を見て言った。

「これは白魚《しらうお》。大川《おおかわ》で漁れたものでございます。昔はお上《かみ》への献上品で庶民は食べられませんでしたが、今は町でも売っております。お口に合いますやら」

「そうか。これこそ徳川家の本物の公方様しか食べられぬものだったのだな」

俊平も、嬉しそうに箸《はし》をつける。

「うむ、このような美味《うま》いものは食べたことがない」

公方様は呻《うめ》くように言った。

「こちらは」

岩河清五郎が、吉野に訊ねた。

「あさり飯でございます。江戸前の貝をふんだんに入れました」

「これまた美味じゃ」

公方様が箸を持ち、飯碗《めしわん》を抱えるさまはどこか滑稽《こっけい》である。

と玄関ががらりと開いて、馴染みのだみ声が聞こえてきた。

立花貫長と一柳頼邦がそれぞれの供を連れ、お忍びの来訪である。

三浦《みうら》が玄関に出て、二人を部屋に招き入れると、

「おお、俊平殿、公方様、来ておったか」

立花貫長が妙に機嫌よく声をかけた。

「おぬし、この茂氏殿を招き入れるのを嫌うていたが」

俊平がからかうように言った。

「いや、そうであった。だが、俊平殿がぜひにもと申されるので、いまいちど人柄を見に来たまでだ」

貫長が言えば、隣の一柳頼邦があきれたように貫長を見かえした。

「まあ、よろしいではございませんか。みなさまもあさり飯など、いかがでございます」

常磐に言われて、二人は大いに喜んでいつもの座に座り込んだ。

供の二人も、部屋じゅうに広がるよい匂いに、相好を崩している。

「お人柄は、私どもが請け合いますよ。貫長さま」

お局たちは、すっかり公方様の憎めない人柄に魅了されている。

「ははは、して、どんなお話をされていた」

頼邦が俊平に訊ねた。

「なに、忘れた。とりとめもないことだ」

「されば、近づきのしるしに、たがいの悩みを語り合おうではないか。といっても私はこれといって悩みなど持ち合わせないが」

「されば、頼邦殿が今はいちばんにお悩みを抱えておられるようだ。例の一揆騒ぎはどうなった」

貫長が頼邦の小ねずみのような顔をのぞき込んだ。

「与作が一揆の動きを早めに報せてくれたので、手を打つことができた。領民の不満を聞き、藩の米蔵はすべて吐き出した。こちらの誠意が領民に伝わったようだ」

「それはよい」

俊平が明るい顔で頼邦を見かえした。

「ならば、公方様、そなたは」

「ことにない」

公方様は平然と箸を運んでいる。

「まことにないのか」

「あるといえばある。どうも今年は凶作でな。来年はもっとよくない予感がする。それゆえ、一柳殿にはいろいろ飢饉について対策をお教えいただきたい」

「お安い御用だ。義兄弟の契りは伊達《だて》ではない」

「まあ、一柳さまはいつもおやさしい」

「みなさん、よいお方ばかり。一万石どころか、百万石を差し上げたいところです」

雪乃が冗談めかして言う。

「その口ぶり、そちこそどこかの公方様のようだぞ」

俊平が雪乃を冷やかした。

「公方様だけ、詰めの間がちがうそうですが、何というお部屋？」

吉野が訊ねた。

「柳の間だ」

「やはり、足利家の末裔はすごい。ずっと柳の間詰めか」

一柳頼邦が感心したように言った。

たしかあの部屋の大名から上様に直に謁見できるのではあった。

「われら諸大名が、上様に謁見できるのは、年始、八朔《はっさく》、五節句《ごせっく》、月次《つきなみ》などだが」

「さよう」

立花貫長もうなずいた。

「将軍に一人にてお目見えできるのは、四品以上と決められておりましたな。みなさまには申し訳ないが」

「われらは、従五位《じゅごい》以下の諸大夫《しょだいぶ》ゆえ、一人にては上様に謁見もかなわぬ」

立花貫長が、口を尖らせていまいましげに公方様を見かえした。

「私は柳の間ながら、これまでは高い家格の詰の間が与えられ、御三家や百万石級の大大名とも肩を並べておりました。しかし、それをご不満に思う大名もおられ、角突き合わすのも心苦しく、ご遠慮申しあげた」

「信じられぬ話だ」

俊平も、茫然と話を聞いている。

「御不満に思うことは」

一柳頼邦が訊いた。

「正直、妬《ねた》みや、嫌がらせも向けられて難儀をしております」

象耳公方がその大きな顔を曇らせ、俯《うつむ》いた。

「お教え願えぬか、いずこの大名でござる。我ら、そのような贅沢な悩みなど、聞いたこともない」

「いや、いや、そのようなこと。相手方とさらに揉めることになるゆえ、ご容赦《ようしゃ》のほどを」

「いや、我らは口が固い。ここだけの話でござる」

一柳頼邦は、ぐるりとお局方を見まわした。

女たちはみな、うなずいている。

「はてな、困った」

公方様はそう言ってから、

「義兄弟になった以上は、それくらい話さねばならぬかもしれぬかの……」

と公方様が独り言を言って、

「じつはな、困っているのは貴藩のお隣の藩の方々でござるよ」

茂氏はそう言って一柳頼邦を見かえし、思い出したように眉をひそめた。

「伊予松山藩でござるか」

「まあの」

茂氏はうなずくと、雪乃が注いだ酒器の酒をゆっくりと飲み干した。

茂氏の話すところでは、伊予松山藩は徳川家の親藩としての家格意識を剝きだしにして、公方の喜連川藩につらく当たってきたという。

喜連川藩は初めが大廊下、先代喜連川の代には大広間に移ったが、大広間といっても国持大名や、四品以上の親藩や外様大名の席のある大広間である。

一方親藩である伊予松山藩は、格下であり、これを快しとしない、代々松山藩主は、なにかにつけ喜連川藩に辛くあたり、いやみや嫌がらせをつづけてきたという。

それを父の氏春《うじはる》はずっと耐えてきたが、ある時、耐えかねた氏春が、松山藩主に皮肉を返したところ、家をあげての対立となり、その後、代が代わって茂氏の時、吉宗に申し出て、詰めの席を柳の間に替えてもらったという。

だが、松山藩側は、気持ちがおさまらず、いまだに茂氏を目の敵《かたき》にするという。

「それは、お困りであろうな」

一柳頼邦が同情して、酒を向けた。

「なに、詰めの席などどうでもよいのだが、相手から見れば、たかだか五千石取りが、と気に障《さわ》るのであろう」

「我が実家。なんともお恥ずかしい」

俊平が、困ったように後ろ首を撫でた。

「それにしても、公方さまは辛抱強うございます」

綾乃が、惚れ惚れと茂氏を見かえした。

「さようでござろうか」

一柳頼邦が、綾乃に問いかえした。

「いやいや、怒ったら負けでござる。我が藩は、上様や諸大名の古《いにしえ》への思いだけで成り立っております。室町幕府を興《おこ》した足利への畏怖、畏敬の念でござる。その思いは、いわば泡沫《ほうまつ》、いとも頼りないもの。その胸中の思いが、喧嘩という生々しい現実に打ち砕かれれば、みな夢から覚め、我らはただの五千石の小藩にすぎないことに気づきます。そうなれば、誰も私など相手にされません。争うことはできません。じっと耐えて皆さまの思いを守り育てていかねばならぬのです」

「そこまで、公方さまはお考えなのですね」

吉野が、感心してうなずいた。

「なるほど、そういうものかもしれぬな」

立花貫長も、大きな吐息とともにうなずいた。

「幕府とて、侍とて、民百姓が畏敬しておればこそありがたい」

「はは、それを言っては我らが武士は終《しま》いだ」

俊平が笑った。

「それでも、公方さまは公方さまでございます。わたしたちにとっては、とてもお偉いお方なのです。わたしどもも、元大奥のお局であったことを心の拠り所に静かに生きておりますれば、これからはいつも我らとともにお過ごしくださいませ」

綾乃が、茂氏の手をしっかり両の手で握りしめた。

「仲間に入れていただけるなら、いつでも一万石同盟のみなさまと一緒にまいりますよ」

「まあ、うれしい。それに、公方さまはとても頼りになりそう」

雪乃が、茂氏の太い腕に絡みつく。

「公方さまは力持ちでいらっしゃるから、箪笥や長火鉢の移動を手伝っていただけますでしょうか」

雪乃が、上目づかいに茂氏を見あげて言う。

「これ、雪乃。公方さまに、なんということを言うのです」

「なんの、たやすいことじゃ。薪も割るし、井戸の水汲みもいたしますぞ。その代わり、こうした江戸前の手料理を、また所望したいが……」

「まあ、このようなものでよろしければ、いつでも」

綾乃が女たちを見まわし、嬉しそうに言った。

「私も、こちらをお訪ねする折には、公方さまの腰をお手当てさせていただきます。ぜひ私もご一緒に」

伊茶姫が、嬉しそうに目を輝かせた。

女たちは、公方さま喜連川茂氏の人柄が好きらしい。

六

それから十日ほど経ったある日のこと、今日は稽古が休みという伊茶姫が、木挽町の柳生藩邸に与作を連れてふらりと立ちよった。

土産《みやげ》は、穫れたばかり小石川薬園の甘藷である。

「だいぶ改良され、形も揃ってきました」

伊茶が、与作に命じて麻袋の芋を取り出させ、得意気に言った。

与作は、柳生の殿様に対面するというので、腰を丸め小さくなっている。

俊平は手招きして、与作をそっと奥に通し、小姓頭の慎吾に茶を淹《い》れさせると、

「どうだ、与作。一万石の藩邸とてこんなものだ。小松藩とさして変わらぬものであろう」

緊張をほぐすように語りかけると、

「へい。ただ、藩の方々はみなお強そうで……」

と首をすくめて言う。

江戸柳生の本拠だけに、藩邸内を行き交う藩士はどうも武張っていかめしいというのであろう。

「与作、そう固くなることはありませんよ。俊平さまは、なんでも気さくにお話を聞いてくださる。とてもおやさしい方です」

と与作のしわだらけの手を握りしめて語りかけると、与作はようやく安堵して相好を崩し、今度は思い出したように頬を震わせた。

「どうしたのだ」

「私からお話しいたします。じつは昨夜、賊が浜御殿に潜入し、与作に襲いかかってきたのでございます」

「しまった！」

俊平は迂闊《うかつ》であったと膝をたたいたが、今となっては後のまつりである。

「よもや、とは思ったが、松山藩の仕業やもしれぬ。藩士が現れたのか」

「いえ。浪人者と荒くれ者で」

与作が、姫に代わって言った。

「心あたりは、他にないのか」

「いえ。江戸に知り合いはいねえし、誰かに他に生命を狙われるおぼえもねえ」

与作は怯えたように顔を引きつらせて言う。

「そうであろうな。四国から出てきた与作の生命を、幕府の御殿に潜入してまで狙う者などそうそうおるまい」

「はい。おっしゃるようにおそらくは伊予松山藩が手を回した者」

姫も相槌《あいづち》を打った。

「で、賊はどうした」

「それが、思いがけないことが起こりました」

「と、いうと」

「与作を、象が助けたのです」

「あの象がか！」

俊平も、なにが起こったかとっさには理解できず、茫然と伊茶姫を見かえした。

「いったい、どうやって助けた」

「それが……」

伊茶姫が、与作に代わって身を乗りだした。

「かろうじて白刃をくぐり抜け、逃げまどっていたこの与作さえ、初めはなにが起こったかもわからなかったそうにございます。はっと気づけば、象が天が落下してきたような雄叫《おたけ》びとともに、いきなり暴れだし、檻に体当たりを始めたそうにございます。賊と与作は、檻の外におりましたが、象は檻を打ち破り、今にも襲いかからんとするようすのため、賊どもは恐れをなして逃げ去ったそうにございます」

「へい、そのとおりで」

与作が、伊茶姫の説明になんども相槌を打った。

「人が象に命を助けてもらったか。これは、なんとも前代未聞の話だな」

俊平も、しばし茫然としている。

「それもこれも、与作があの象によくしてやったためでございましょう。きっと真心が通じていたのでございます」

「そうか、与作。そなたは象と心を通じ合わせることができたのだったな」

俊平は、妙に嬉しくなって、満面の笑みを浮かべて与作に語りかけた。

「まあ、馬も象も生き物は同じでございます。よくしてやれば、心を通わせてまいります」

「そのようなものなのだの」

俊平も感心してうなずいた。

「それにしても、象という生き物、まこと不思議よな。与作、そなたの見るところ、象とはいったいどのような生き物なのだ」

「まず、なりは大きいものの、気難しうございます。馬もあれでけっこう気難しゃでございますが、象はまずその上をいきます」

「ほう」

俊平は、伊茶姫と顔を見あわせた。

また人なつこい生き物で、与作にもなにやら友人のように接してくれるという。

さらに、淋しがりやとも与作は言う。象は寒さには弱いという。寒い時は耳をぴったりと閉じ、暖かいと思えば、耳をバタバタさせるらしい。

俊平も伊茶姫もますます象に関心を抱き、押し黙って与作の話を聞いている。

「立って眠るなんて妙な話が広まっておりますが、横向きにちゃんと寝ます。草を食う動物なんで、糞の臭いはきつくありません」

「いちいち、面白いな」

「殿――」

廊下で、慎吾の声がある。

「玄蔵殿がまいっておられますが、いかがいたしましょう」

障子の向こうからくぐもった声が聞こえる。

「はて、されば、どういたそうか——」

　俊平が、ちらと伊茶姫を見やると、姫もそわそわしはじめた。いちおう与作は一揆を企てた罪人の仲間だったのである。

「どうやら、象の一件で、ご報告があるようでございます、いかがいたしましょう」

「通せ。二人にも気にかかることだ」

「されば——」

　慎吾が引き退がってしばらくすると、玄蔵がさなえを伴い、外廊下で遠慮がちに影をつくって控え、俊平の指示を待っている。

「伊茶姫は知っておろう。遠慮はいらぬ」

　手招きして二人を通すと、

「この者が、話にあった与作だ。こたび、浜御殿の象の世話をしてもらっている」

　玄蔵は、与作を見て困ったように、うなずいた。

「じつは、その件にございます。上様はその報告をお聞きになり、時節がらこれ以上浜御殿に象を飼っておくことはできぬ、と申されております」

「それは困ったな。せっかく、与作になついたと思うていたが」

「はい」

玄蔵も、困ったようにうつむいている。

「それで、上様はどうなさるおつもりなのだ」

「それが……、あの象はいろいろいわくのある象だそうで」

「そうであった。京では帝に拝謁を賜《たまわ》った」

「なんでも、官位までいただいたそうで。まあ、それだけの象なので、見世物として払い下げるということもできず」

「うむ?」

「それなら、いっそ病死したことにして、殺処分したほうがよかろうと」

「なんということを申す」

俊平は、絶句して玄蔵を見かえした。

「それは、あまりに辛《つろ》うございます……」

伊茶姫が、声を震わせ与作と顔を見あわせている。

もとはといえば、自分を守ってくれるために暴れた象なのである。そのために、殺処分になるとは、与作にとってはあまりに象が不憫であった。

「なんとか、ならぬものか」

俊平はきびしい眼を玄蔵に向けた。

「御側御用取次《おそばごようとりつぎ》の有馬氏倫《ありまうじのり》様も、それがよろしいとお勧めになっておられ、上様も、すでにそうお決めになられたようで」

「また有馬殿か……」

俊平は苦々しげに舌打ちした。

有馬氏倫は、吉宗の紀州藩主《きしゅうはんしゅ》当時からの側近で、吉宗の八代将軍就任に当たってはいろいろと裏で動いた人物と聞く。また、俊平が柳生藩に養嗣子として入る際、強引に阿久里《あぐり》と離別させたのも氏倫であったともいう。

「上様は、象を苦しめて殺すのは忍びないと、強弓の遣い手喜連川茂氏様をご指名になられております」

「よりによって、象の心がわかるあの茂氏殿がその役に就くとは……」

俊平は話を聞き、胸ふさがれる思いであった。

「なんとか、ならぬものか」

「はい……」

玄蔵も、返事に窮し黙っている。

「上様のご意志は、堅いのか」

「上様も、お辛い立場でございましょう。ただ、これ以上金のかかる乱暴者の象を放置しておくこともできぬごようすで」

玄蔵もそれ以上、言いようがなく、またうつむいて口をつぐんだ。

「して、茂氏殿は、どう申されておる」

「それは、聞いておりませぬが」

玄蔵が、青ざめて顔を上げて言った。

「俊平さま、象を逃がすことはできませぬか？」

伊茶姫が、すがりつくようなまなざしで俊平に問いかけた。

「冗談を申されるな、姫。あのような大きな体を持つ象に、この江戸広しといえど姿を隠す場所などあるまい」

「さようでございましたね。大きなよく目立つ生き物ほど、まこと悲しいものでございます」

伊茶が、めずらしく目に涙を溜めている。

黙っていたさなえも、隣で目をうるませはじめた。

「あの象は、初めつがいであったと聞く。安南から長崎に船で送られ、連れあいを亡くし、不憫な生活であったな。そして、こたびは……」

「まっこと、象はやさしい動物でございまさあ」

与作が、念を押すように言った。

「あっしのために、暴れまわったんで。きっと象ってやつは、いちど受けた恩は、忘れないんでございますよ」

「なにをしてやったのだ」

俊平が訊いた。

「寝苦しそうにしているんで、寒いのだろうと思い、寝床を暖かくしてやったり、藁を与えてやったり、体をきれいに洗ってやったり、象もずいぶんと喜んでくれました。それにしても肌がずいぶん荒れて爛れておりました。かわいそうに、前の飼育係はあまり面倒を見てやらなかったようで」

「象は体が大きくて一見怖そうだけれど、とても心のやさしい動物なのですね」

「姫さま、怖くなんてありませんや。人に襲いかかるなんてことは普通はまずありません」

「それを、殺処分にしなければならぬとは……」

俊平が、また重く吐息して気落ちしていると、

「あ、御前」

玄蔵が、なにかを思い出したように俊平に声をかけた。

「こちらの与作さんを襲った、やくざ者のことなんでございますが」

「なにか、心当たりがあるのか」

「たしかなことじゃありませんが……」

玄蔵はそう言って、隣のさなえに、

「申しあげてみろ」

と小声で声をかけた。

「じつは――」

さなえが、遠慮がちに話を切り出したところによると、幕府の救済金を松山藩から
そっくり受けとったという大坂の両替商平野屋は今、江戸に店を開き、主《あるじ》平野屋五兵衛も江戸に出て来ているという。

「いったい、なにしにきたのであろう」

「どうやら、大坂では両替商の他に米問屋を営んでおり、仕事がら米相場に詳しいようで、幕府の米政策を調べにきているようで」

「幕府にも顔がきくようだな」

「そのようで」

「それが……」

さなえが、しばらく言いよどんでから、

「さきほど名前の出た有馬氏倫さまなのでございます」

「やはり――」

俊平が、冷やかな口ぶりで言い捨てた。

「平野屋を見張っておりますと、駕籠で吉原に向かいました。大門《おおもん》近くの引手茶屋で会合があったらしく、調べてみましたところ、その日の相手は有馬……」

「よく調べたな、さなえ」

俊平は、大きくうなずいてさなえを褒めた。

「私は女でございますから、吉原の引手茶屋の中にまではなかなか入っていけませんので、玄蔵さまにもお手伝いいただいております」

「うむ。玄蔵も動いてくれていたか」

「その平野屋でございますが――」

玄蔵が、ふたたび声を潜めて、前かがみになった。

「さなえの申しますに、どうも妙な者がしきりに出入りしておるそうにございます」

「妙な者？」

「それが、不逞の浪人者ややくざ者を何処かで雇い入れており、店の者に訊ねてみると、それらを雇い入れたのは、これまた筋のよからぬ〈荒船《あらふね》〉という口入れ屋だそうなので」

「はて、平野屋め。はや江戸の荒くれ者を手なずけておるか。して、その者らを平野屋はどう使っているのか」

「そいつらの後を尾けましたところ、江戸で名だたる米の仲買商や米問屋などの店に肩をいからせ入っていきます。後で店の者に訊ねますと、大きな声で怒鳴り声をあげていたそうで、どうやら店が脅されていたフシがあり……」

「ほう、平野屋、有馬殿を後《うし》ろ楯《だて》にだいぶ強引な商売をしているようだ」

俊平は、吐き捨てるように言った。

「いまひとつ、平野屋の店を覗いてみると、米の仲買にはめずらしく、店の隅に例の象の薬が……。やはり、源助に資金を出し、商売をやらせているようで」

「平野屋とやら、金になるなら、なんにでも手を出すとんでもない悪徳商人よな」

俊平は、ついに腕を組んで感心してしまった。

「俊平さま、もしやその者らが、浜御殿で与作を襲った賊ではございませぬか」

伊茶姫が思ったままを俊平に告げた。

「それは、考えられる。松山藩の家老奥平藤左衛門一味と平野屋がつながっているなら、裏で糸を引いておるにちがいない」

「へい。きっとそうでございましょう」

　与作も、思い当たるフシがあるのか、大きくうなずいている。

「さればそ奴ら、また動きだすやもしれぬ。こんどこそ捕らえてくれる。さなえもひきつづき、平野屋を見張っておくれ。玄蔵」

「はい」

「上様の周辺の動きを、また伝えてくれ。象が心配だ」

「かしこまってございます」

「それと芋だ。食費がかさむほどかからぬことを証してみせねばならぬ。伊茶殿、よろしくたのむ」

「薬園で穫れた甘藷をなるべく浜御殿にお届けするようにいたします」

「ありがたい」

　俊平はそう言って、帰り支度を始めた玄蔵とさなえに腹の足しになろうと芋菓子の土産を持たせた。

# 第三章　象の泪《なみだ》

## 一

「それは、なんとも困ったことになったものよ」

八代将軍徳川吉宗は、大きな体を四阿《あずまや》の小さな腰掛けに窮屈そうにかけて、同じく大きな体をもてあましている喜連川茂氏を見かえした。

外で小虫をついばむ雀がすぐ近くまで寄ってきている。

本丸中奥将軍御座所に近い内庭の四阿である。

ぜひ一緒に来てほしいと懇願する茂氏の供をして、俊平もすぐ脇に控えている。これは、茂氏にとってなんとも切り出しにくい話なのであった。

この日、茂氏と俊平は吉宗に目通りを願った。

「されば、庭へ」

そう吉宗に誘われて、ひとまず二人はこの四阿で吉宗を待った。

吉宗は、政務を終え、半刻（一時間）の後、姿を現した。

表は明るすぎるほどの晴天で、秋の陽差しが四阿の中をかえって暗くしている。

茂氏は肩を落とし、うなだれたままじっと吉宗に語りかける機会をうかがっている。

吉宗を不機嫌にさせるにちがいないことを、伝えなければならなかった。

だが、象の命を救うためにはいたしかたない。

公方様、御所様などと呼ばれてはいるが、しょせん戯《ざ》れ言《ごと》のようなもので、現実にはただの五千石取りにすぎないことを茂氏はよく知っている。

足利将軍家の末裔とはいえ、今は徳川の世である。

将軍直々の命に背いて象の処分に抵抗すれば、吉宗からどのような咎めを受け、厳しい処分を下されるか知れない。

場合によっては、茂氏の吹けば飛ぶような喜連川藩の所領など、跡形もなく消え失せるであろう。

そうなれば二百人を越える家臣は、その日から路頭に迷うこととなる。

（だが、あの象の悲しげな眼差しを見れば……）

茂氏はその時、どうしても矢を放つことができなかった。

茂氏の矢の鏃《やじり》が長さ七寸、弦《つる》は太さ三分、小指ぐらいある。

その弓を象の眉間《みけん》に向けて狙いをさだめ、茂氏は象の眼をじっと見つめると、象が絶望の表情で茂氏を見つめているのがわかった。

眼には、泪を溜めていた。

己の心を、象へのやさしい気持ちを、茂氏は裏切ることはできなかった。

それが、茂氏に残された足利氏の血を継ぐ者の最後の誇りであったのかもしれなかった。

茂氏は、そのありのままの気持ちを吉宗に伝えた。

「ふうむ」

吉宗は、重い吐息とともに、俊平に目を移した。

「だがその話、まことなのか」

「はい」

俊平が、小さくうなずいた。

象が暴れたのは、賊が浜御殿に潜入したからであり、飼育係の与作を庇ったからであることを俊平は茂氏に代わって弁明した。

畏れ多くも幕府の別邸である浜御殿に賊が潜入したとあれば、賊は只者《ただもの》ではない。

なぜ、与作が松山藩に命を狙われているかについても、俊平は克明に吉宗に話したが、吉宗は話に聞き入るばかりで、否とも応とも言わなかった。

証拠はどこにもない。

吉宗は、御一門家をそれだけで断罪できなかった。

「話はわかった。じゃがの……」

「いえ、これはまちがいござりませぬ」

俊平は、そこまで言って吉宗を見かえした。

「たしかにこれは、実家の恥、ひいては徳川家の恥ともなることゆえ、憶測はあくまで控えとうございます。証拠は、ござりませぬ。ただ、松山藩に触れなくては、なぜ賊が浜御殿に潜入したか、象が与作を必死で守らんと暴れたかおわかりいただけぬこと存じましたので」

「ふむ、その与作なる百姓を救うためか……。象は霊獣と申すが、人の世の争いを知って力を振るうとは、さすがにただの獣ではないの」

吉宗は、苦笑いして今度は茂氏を見かえした。

「だが、いずれにしてもあの象、手がかかりすぎるのじゃ」

茂氏は吉宗の言葉に、また悲しそうに面貌《かお》を伏せた。

それを、吉宗はじっと見かえし、

「茂氏、すまぬな。老中どもがもはや象は殺処分と決めて動いておる」

また、淡々と言った。

「さりながら……」

茂氏は、あらためて面《おもて》を上げた。

「食費にかかる経費は、軽減する目処《めど》が立ちそうにございます。ただいま、上様が城内の紅葉山文庫《もみじやまぶんこ》の閲覧《えつらん》をお許しになったという古書学者青木昆陽が、小石川の薬園にて甘藷の育成に取り組んでおります。その甘藷を、象は喜んで食べておりました。今後、象の餌を甘藷にすれば、高価な食物を与える必要はございません」

俊平は、また茂氏の言葉を懸命におぎなった。

「ほう、それはまことか」

吉宗は力なく応じた。

「はい」

「それで食べねば、もはや殺処分もいたしかたございますまい。それが象めの定め」

「はて、困った。そちがそこまで申すなら、そのこと、考えぬでもないが、だが……、まこと甘藷だけで通すというか」

「大丈夫でございます。それに、藁も竹も比較的安価。安南の象使いが書き残していった本邦にはない希有《けう》な食物が大きな出費と言っておりますゆえ」

俊平は、まっすぐに吉宗を見て語気を強めた。

吉宗はしばらく黙っていたが、やがてうなずいた。

「ご温情、ありがたきこと」

茂氏が、深々と頭を下げた。

「なに、茂氏。そこまでのことではない」

吉宗はまた俊平を見かえした。

「それより、俊平。こたびはそちの一万石同盟によき仲間ができたようじゃの」

「さようにございます」

喜連川茂氏が、吉宗の言葉に相好をくずして応じた。

「こたび、お三方のご温情により、それがしも一万石同盟のお仲間に加えていただき、本日はご無理な願いと存じ、柳生様にお口添え役をお願いいたしました」

「面白い」

吉宗は、にやにやと笑ってから、

「それにしても、伊予松山藩は、まこと難儀な藩よ。悪政を他藩のせいにし、一揆まで扇動するとは、甘やかしにもほどがある」

「御一門ゆえの甘えもたしかにございましょう」

「ただ、一揆の動きのあったこと、売られた喧嘩だ。小松藩も、困ったものじゃ」

一揆は、戦国の乱世が終わり、かつて、国人土豪の反乱の色彩が濃かったが、江戸期に入り、その情勢は様変わりして農民一揆ばかりとなった。幕府は、その一揆をあいかわらず恐れて、懸命に抑え込んでいる。

「ただこのたびの一揆は、すでに抑えられようとしております。先ほど申しあげましたごとく、松山藩が小松藩の領民を扇動しているものにて、小松藩はあくまで被害者。注進におよんだ百姓の行いでわかりますように、藩主と農民の関係はいたって良好にございます。このこと、お含みいただきとうございます」

「わかっておる」

吉宗はそう言って、茂氏を見かえした。

「されば、象の処分じゃが、いま少し延ばすことにいたそう」

「ありがたきこと。この企てが失敗したため、松山藩は腹いせに悪党どもを使い、ふたたび浜御殿の与作の命を狙うやもしれぬと存じます。くれぐれも象の狼藉《ろうぜき》とお考えになりませぬよう」

「わかっておるわ」

吉宗は、俊平を見かえし、

「なにやら、俊平の話に乗せられてしまったが。それにしても……」

吉宗は、ううむと腕を組み、また考え込んだ。

「はて、あの象があのように小さき雀であれば、なんの問題もないのじゃが」

吉宗は、長閑《のどか》な秋の陽差しの下、庭先を動きまわる雀の群れにまた目をやった。

「象は巨《おお》きい。よう飯を喰う。わしは食事を二食に切りつめておるが、象が大飯食らいではの。象にも、よくよくそのこと考えさせねばの」

「御意――」

俊平は、茂氏と目を見あわせ、うなずいた。

吉宗も、いつのまにか象が賢い動物と思うようになっているようであった。

「それにしても、伊予松山藩――」

吉宗は、あらためて俊平に顔を向けた。

「そちには辛かろうが、やはり膿《うみ》を出しておかねばならぬようだの」

「いたしかたありませぬ。また、それはこの、私めのお役目」

「俊平、本気じゃの」

「背後には、飢えた領民の顔が私にも見えております。なんとしてもあの藩の悪政、正していかねばなりませぬ」

「よしなに頼むぞ、俊平」

吉宗はそう言って、庭で待つ小姓たちに向かって目をやり、やおら立ち上がった。

二

「まったく、殺処分になった日にゃ、もう糞は採れねえ。商売あがったりだぜ」

象の糞を「象の泪」と称し薬として売ってきた源助が、やけっぱちな口調で役人に愚痴《ぐち》ってみせた。

象が大暴れをし、将軍吉宗が大象の殺処分を決めたと聞き、なんとかならぬものかと、茂氏とともに俊平が中奥に駆けつけ、懸命に吉宗を説得し、ひとまず殺処分は取り下げとなったが、いきちがいですでに処分は末端の役人にまで通達されており、飼育係の役人もなにやら落ち着かないようすである。

俊平の目からは、町人の源助が役人を前にずいぶん乱暴な口をきいているようだが、そこは目端のきく源助のこと、おそらく役人には鼻薬をたっぷり利かせているのだろう。

彼らの話によれば、象は殺処分の後、これまでの貢献によってその骸は、源助に払い下げられるという。

そんな理由《わけ》があってのことだろう、源助はいつもの人足どもに加えて、今日は数人の人相のよくない仲間を連れている。

明らかに人足ではない。頬に刀傷のある男、肩をいからせる者もおり、只者とも思われない。町の荒くれ者に相違なかった。

与作が困り果てた顔で迎えに出て来たので、俊平が小声で象の処分が保留となったことを伝えると、その話が聞こえたか、源助と連れの男たちは委細が分からぬとぞろぞろと後を追ってくる。

と、前方の暗い檻の中で、象がまた不機嫌になっている。

檻の中をぐるぐると歩きまわり、鼻を鳴らして高々と吠《ほ》える。

「与作、今日も、大象《ダーシャ》はあまり機嫌がよくないな」

「朝方、小石川の薬園から芋が届いたんで食わしてやったが、その時は、ぺろりと平らげて機嫌がよかったんだ」

与作は怪訝そうに、象のようすをうかがった。

「こりゃ、象が怒っておるということだ。気に食わぬ者がここにおるのだろう」

茂氏が、俊平に歩み寄って耳打ちした。

「冗談を言わねえでください」

脇で源助が、茂氏を睨みかえした。

と、象がまたけたたましい叫びをあげた。

「げっ、おれを睨んでいやがる」

源助の後ろにいた男が、青ざめた顔で叫んだ。

「なんだと!」

俊平と茂氏がそろって顔を見あわせた。

「わかったぞ。うぬら、数日前ここに忍び込んだ賊どもであろう」

俊平が、刀傷の男の顔をなめまわすように見て訊ねた。

「おい、与作爺さん」

「へい」

「象は、こ奴のことを睨んでおるな」

「へい。もしや……」

与作が、刀傷の男の顔を下からのぞき込んだ。

「あっ、おまえらはあのときの奴らだな。手拭いで顔を隠していたが、目つきの悪さは隠せねえ」

「なんだと！」

源助の後ろにいた男たちが、むっとして与作を見かえした。

「わかるぞ、わかる。わしはな、象の気持ちがよくわかるのだ」

茂氏が、また横あいから口をはさんだ。

「象は、おまえたちが与作の命を狙ったことを知っておるのだ。あの夜のことを憶えておるのだ。源助、ここに来い」

俊平が手招きして言った。

「なんでございます。柳生様――」

源助が、ふてくされて口を尖らせた。

「象は怒っておる。いったいこ奴らは何者だ」

「何者って、あっしの薬を売ってもらっている仲間でございますよ」

「どうせ、どこかの悪徳商人の飼い犬だろう」

「ちょっと待ってくだせえよ。いくら将軍様の剣術指南役でも、私を舐めちゃいけませんぜ」

源助が、鼻を膨らませて言った。

「私の仲間を人殺し扱い。いったい、どこに証拠があっておっしゃってるんで」

「あの象が証人だ」

「ふざけちゃいけねえ。お大名、まして剣術の先生とじゃ、喧嘩はできねえが、私のためにに怒ってくださるお方は大勢いらっしゃいます。そのお方に代わりに懲らしめていただきます」

「ほう、強気だな。それは、どこのどなた様だ」

「なに、すぐにわからァ」

源助は、そう捨て台詞を吐くと、

「おい、おめえら、帰るぜ」

小袖を尻っぱしょりに捲《まく》りあげ、源助はもういちど俊平と与作を睨みすえて仲間をひき連れて小屋を出ていった。

「面白いことになったの、柳生殿」

俊平は茂氏と目を見あわせて笑った。

「まことに。なにやら、あの者には後ろ楯があるらしい。与作の生命を狙う松山藩か、平野屋か、その先は言わずもがなだが、いずれにしても、これはだいぶ話が大きくなってきた」

俊平が、顎の先を二本の指で摘んで、ふと考え込んだ。

「与作爺さんや」

茂氏が、もういちど振りかえった。

「象は、甘藷をどれほど平らげたかの」

「へい。とにかく与えた端から食べちまった」

「それは、よかった」

茂氏は、俊平とまた目を見あわせた。

「この大象は、なかなかに聡《さと》いの。己の生命を救う物がなんであるか、よくわかっておるらしい」

俊平は、大象をもういちど見上げると、

「おまえは、まこと霊獣なのかもしれぬ」

目を細めてうなずいた。

# 三

それから三日ほど後、久しぶりに道場で手強い稽古相手の師範代新垣甚九郎《にいがきじんくろう》と激しく気合を放ちながら稽古に汗を流した俊平が、ふと道場の片隅に目をやると、しばらく慎吾と立会い稽古をしていた伊茶姫に、一刀差しの同心が近づいて何かを告げている。見れば、小石川養生所詰めの南町奉行所同心小林市蔵《こばやしいちぞう》である。

俊平が視線を向けた市蔵がそれに気づいて、こちらに向かって一礼した。

にわかに青ざめはじめた伊茶と目が合ったので、歩み寄っていったところ、

「俊平さま、小石川の薬園がひどいことになっております」

伊茶は狼狽《ろうばい》の色を隠せずに言った。

「どうしたのだ」

俊平が市蔵に問えば、

「じつは、養生所隣の薬草園で栽培しております甘藷の畑が、何者かの手でひどく荒らされたそうにございます」

「なにッ！」

俊平は二人を道場の隅に導き、あらためて話を聞いた。

市蔵の話では、鍬を担いできた数人の荒くれ者が、根こそぎ芋を掻き出し、生育途中の芋が無残にも畑に剝きだしとなって姿を晒《さら》し、転がっているという。

「昆陽先生が伊茶姫さまに、急ぎご報告せよと申されていますので、藩邸におられるものと思い、急ぎ駆けつけたしだい」

「ご苦労であったな」

市蔵をねぎらうと、俊平は急ぎ着替えをすませ、伊茶、市蔵とともに馬で小石川の薬園に駆けつけた。

しばらく見ぬうちに、増築された養生所を横手に見て薬園にまわれば、周り一面多種多様な草木が植えられた薬園が眼前に広がってくる。

「あの一角が、甘藷の畑でございます」

市蔵が、丈の低い葉が網の目のように広がる前方の畑を指さした。

大小無数のまだ生育途中の甘藷が地面に剝きだしのまま横たわり、蔓《つる》でつながっている。

「これはやられたな」

俊平が低く唸った。

めている。

「はい」

伊茶姫は肩を落とし、蔓を網の目状に張った無数の芋とその蔓を悲しげな眼で見つめている。

「全滅か」

「いえ、それでも半分ほどは大丈夫のようです」

伊茶が、悔しさをかみ殺して言った。

「それは、不幸中の幸いだな」

と、彼方《かなた》から二人に向かって手を振る者がある。

大岡越前守忠相と総髪《そうはつ》に茶羽織姿の男であった。

「おお、大岡殿か」

俊平が忠相に顔を向けて微笑み、手を上げると、男が俊平に腰をかがめて一礼した。

野良仕事が多いせいだろう、よく陽に焼けた学者風の生真面目そうな男である。

「あのお方が、青木昆陽先生にございます」

伊茶姫が俊平に耳打ちした。

「ほう」

昆陽の名は、俊平もたびたび耳にしている。

日本橋本小田原町《ほんおだわらちょう》の魚屋の息子として生まれ、浪人となって京の儒学者伊藤東涯《いとうとうがい》につき古書を学んだが、かねがね飢餓の折の代替え作物に甘藷がよいと考えており、地道に研究していたところ、これが大岡忠相の知るところとなり、城内の紅葉山《もみじやま》文庫の閲覧を許されることとなった。

「こちらが青木先生、飢饉対策として、甘藷がよいと進言され、上様も納得されおおいに奨励されております」

忠相は、終始穏やかな笑みを浮かべるこの学者を、頼もしそうに俊平に紹介した。

「先生はまことに気さくなお方でな。私のような作物にはずぶの素人《しろうと》にも、丁寧にご説明くださる」

「さようにございます。先生はまことに研究熱心なお方で、あたくしのびわの薬効にも関心を持たれ、患者の治療に役立てばと研究をご支持いただいておりますが、私は今はすっかり甘藷に夢中」

伊茶姫は声を弾ませそこまで言って、小柄な昆陽の小さな肩を支えると、また畑を見まわし悲しい目をした。

「心ないことをする。西国では今日も食べるものとてなく、餓死する者も多いというのに」

昆陽が頬をふるわせて、怒りを露わにした。

「まこと。何者の仕業か」

忠相も、唇を歪めて畑を見まわした。

「じつは――」

忠相に寄り添うもう一人の養生所詰め同心で北見三郎《きたみさぶろう》なる者が、遠慮がちに口を開いた。

「薬園で働く五平《ごへい》なる者が、狼藉の現場を見ております」

「なに」

忠相が下見を振りかえった。

「五平の申しますには、そ奴らはなにやら町の遊び人風の男たちで、鍬を担いで現れるや、慣れぬ手つきでめったやたらに芋畑を掘り返していったと申します」

「遊び人風の男と申したな」

忠相が北見に念を押し、あらためて首をかしげた。

「はい。土を耕す経験など持たぬ者のようで、鍬を持つ手もぎこちなく、五平はすぐにやめさせようと思ったそうにございますが、そばに付き添う人相のよからぬ浪人風の侍に睨みつけられ、その目がいかにも恐ろしく、やめさせることができなかったと申しておりました」

「ふむ。で、その者ら、それからどこへ行った」

「それが、ひと暴れして憂さが晴れたのでしょうか。あたりを睥睨《へいげい》し、そのようすを見ていた五平をにやにや笑いながら見かえすと、肩を揺すって帰っていったそうにございます」

「はて。乱暴者どもが芋畑を荒らしたところで、なんの得にもなるまいがの」

「まこと」

俊平が忠相に同意して、考えを巡らせるように目を細めた。

「それでも、五平が見ているのを気にして、畑を半分荒らしただけで帰ったそうにございます。また、もどってくるかもしれません」

「その折には、きっと引っ捕らえるのだぞ、北見」

忠相が同心に厳命した。

「はい。されば、与力、同心、交代で畑を見張ることにいたします」

「手が足りぬならば、奉行所からも人を出す」

忠相は、さらにそう言い置いてから、

「姫。そう嘆かれるな。不埒な者はきっと探し出し、罰しまする」

「はい」

姫は、うつむいたまま応じた。

「なに、甘藷は強い。逞しい。これくらい荒らされたところで、すぐに根を張り、また元気を取り戻そう」

青木昆陽が、姫を元気づけるようにその肩をとる。

「柳生様――」

大岡忠相が、あらためて俊平に顔を向けた。

「こたびのこと、いくつか疑念が浮かびまする。ひとまず養生所にもどって、お知恵を拝借しとうござるが」

「私も、ちと気になることがある。されば、共に語り合うとしよう」

「されば」

忠相はそう言ってから、同心を省みて、

「ここは、どういたす」

「はい。おまかせください。与力、同心を集め、みなでできるかぎり修復いたします」

「畑仕事などしたこともなかろう。大丈夫か」

「なに、われらも、内勤がつづきましたゆえ、よい運動になりまする」

北見は苦笑いして忠相に一礼した。

「されば、惣右衛門にも手伝わせよう」

俊平が、後ろに控える年来の用人に目くばせすると、

「お任せくだされ。越後では、毎日のように畑を耕しておりました。なに、これくらいのこと」

惣右衛門も、そう言って腕まくりを始めた。

それを俊平はにやりと笑ってうなずき、

「年寄の冷や水にならぬようにな」

「殿――」

惣右衛門は、俊平の戯れ言に目をむいた。


俊平が、忠相、伊茶姫、昆陽、それに同心の小林市蔵らと揃って養生所の役人詰所にもどってみると、かつてはたらいていた幕臣笠原長蔵《かさはらちょうぞう》の妻絹江《きぬえ》に代わって新しい女が入っている。

俊平らに茶が供せられたが、その茶受けに出て来たのはなんと棒状に刻んだ芋を揚げた菓子である。

「これは昆陽先生が考案なされたもので、まことに美味なものにございます」

伊茶姫が、得意気にみなに勧めた。

忠相は甘い物が好物とみえて、すぐに芋菓子に手を出し口にするや、気に入ったとみえ、さらに何本も頬ばりはじめた。

俊平も手を出す。

昆陽が、ちょっと得意気に微笑んだ。

「ところで、さきほどの芋畑の一件、柳生様には心当たりはおありでござろうか」

「はて、ないでもないが。申しあげるにはまだ確証がない。動機に心当たりがないゆえ、なにゆえそのような不届きをしたか訳がわかりかねる」

「人相、風体《ふうてい》、似た者を、ご存じか」

忠相は、さらにたたみかけた。

「されば申そう。確たることは言えぬが、どうも先日浜御殿の象小屋を襲ったやつらと似ておる」

「象小屋。あの安南から来た象でござるか」

「姫様のお国から、はるばる江戸へ訪ねてきた与作なる男を狙った者です」

そう言って、俊平が伊茶を見かえすと、

「じつは、わたくしもそう思いました」

「たしか、それは両替商平野屋に飼われている荒くれ者と聞いておりますが」

忠相がさぐるように俊平を見た。

「はて、忠相殿。なにゆえ、平野屋をご存じか」

「じつはな、玄蔵とはその一件で、すでに打ち合わせております」

「そこまでお調べか。忠相殿も人が悪い」

俊平が苦笑いして、忠相を見かえした。

「玄蔵の話では、平野屋はことに伊予松山藩とはずぶずぶの関係とか。柳生殿のご実家に話が広がっていくやもしれませぬ。お話ししにくければ、これ以上お訊ねいたしませぬが」

「なに、大丈夫。私は上様より影目付を拝命しております。こたびのこと、象小屋を襲った者らがやったとすれば、姫の小松藩の百姓与作とのかかわりから、当然松山藩との繋がりが気になるところ」

「俊平さま――」

伊茶姫が横からおだやかな口調で話に割って入った。

「芋が飢饉対策に出回ると、米相場で儲けている米問屋は困るのではございませぬか」

「その話、心当たりがございます」

忠相の脇に座していた同心小林市蔵が話に加わった。

「先日、浜御殿の象小屋が何者かに荒らされた話が外に漏れ瓦版《かわらばん》に書き立てられると、なぜか巷《ちまた》では米相場が下がったそうにございます」

「妙な話だの、なにゆえじゃ」

大岡忠相が、市蔵に訊ねた。

「凶作つづきで、米の値はこのところ高値に張りついたまま。米の仲買人は蔵に溜め込んだ米の値が上がったので、ほくほくだそうにございます。ところが、芋が象の口に合い、食べ物として有力と瓦版に書かれたため、もし諸国に出回れば、米の値が下がると読んだ向きが、米相場で売りに出たのでございます。さすれば、平野屋など逆に大損をいたしましょう」

「なるほどの。そこまでは思いいたらなかったぞ」

忠相はふむとうなずいて、市蔵を見かえした。

「たしかに、甘藷が出回れば飢饉はおおいに減ろう。藩主も、民百姓も、米が足りぬからと、無理に高値で買いつけずともすむようになる。この甘藷は、米の値を変えてしまうほどの力があるわけじゃな」

　青木昆陽も、納得したらしく、満足そうにうなずいた。

「さようでございます、先生」

　伊茶姫が、昆陽に明るい眼差しを向けた。

「なるほど、話が大分つながってきた。これはあくまで想像にすぎぬが、あの〈象の泪〉を売りあるく源助めが、薬売りの口上に添えて、象が甘藷をよく食うことを派手に告げ回ったのではないか。その話を瓦版屋が聞きつけ筆にした。平野屋は、その〈象の泪〉を売って儲けているのだ。あらためて詳しく源助から話を聞き、これはいかん、米の値が下がる、と慌てたのであろう」

「なるほど、当たらずとも遠からずでございましょう。俊平さま、これは許せぬことでございます」

　姫が、険しい眼差しで俊平を見かえした。

「だが、これはいささか面倒な話となったな」

　俊平が、言って考え込んだ。

「なにをお気づかいでございます」

「なに、気づかっておるわけではないのだが、私も忠相殿もちとやりにくいのだ」

「やりにくい？」

「玄蔵の話では、平野屋は上様御側御用取次有馬氏倫様と昵懇にされておられる」

俊平が苦々《にがにが》しげに言った。

「有馬様、でございますな。あのお方は、上様の懐刀ともいわれるお方にて、幕府内においては今、最も権勢を握る御仁。ご重臣の方々も、顔色をうかがい、戦々《せんせん》恐々《きょうきょう》だ」

「上様にことのほかご信任の熱い大岡様でも、その有馬氏倫、ご遠慮なされるほどのお力なのでございますか」

伊茶姫が忠相の横顔を探るようにうかがった。

「柳生殿の仰せのとおりだ。有馬殿にいま正面きって刃向かえる者など幕府内におろうか。どこかでお灸をすえる者が出てこねば、とは思うていたのだが」

「さらにこの一件を追及すれば、俊平さまのご実家松山藩まで火の粉を被るかもしれませぬ。松山藩は我が隣藩、さらに俊平さまのお父上様のご実家でございます」

「なに、べつだん恐れておることはないのだが、大岡殿の申されるようになかなかに手が出しにくいことは事実」

俊平が唇を歪め、指で顎を掻いた。

「まことに」

忠相も俊平を見かえし小さくうなずいた。

「ただ、上様の影響力をよいことに、このところ増長に目に余るところもある」

俊平が言って忠相を見かえした。

「だが、どのような障害が立ちはだかろうと我が職務は罪を正すこと」

忠相が、己を鼓舞《こぶ》するように言った。

「さよう。たとえ実家であろうと、上様のご側近であろうと、手加減はしとうない。飢餓に苦しむ諸国の百姓のためにも、丹精《たんせい》こめて育ててきた甘藷の畑を台無しにする者を許すわけにはいかぬ」

俊平が言った。

「ところで、昆陽殿。甘藷の出来は、いかがであろうの」

「今のところ、出来のよい畑、駄目な畑、まちまちでござる。武蔵での芋の生育はなかなかに難しい」

気さくな学者は、額に皺を溜めて、ぐちるように言った。

甘藷は、耕土が深く通気と排水のよい土壌《どじょう》でよく育つようだという。吸肥の力も強く根ぼけしやすいので、肥料は与えすぎるのはよくないとも言った。

「なんとか栽培のコツは摑めてきましたが、寒冷地でどこまで育つかの問題はこれからたしかめるところにござる。どうも下野《しもつけ》まではむずかしかろうな」

昆陽が残念そうに首をかしげた。

「御所殿はがっかりなされよう。なんとかなりませぬか」

俊平が力をこめて問うた。

「努力してみねばわかりません」

昆陽に代わって伊茶姫が言う。

「問題は、外気よりも苗床《なえどこ》の温度でございましょう」

「昨夜、近くの煮売り屋にて物知り顔の男が、妙な話をしておりました」

市蔵が、ふと思い出したように言った。

「小石川の薬園の芋の栽培は、手荒すぎると」

「小癪《こしゃく》なことを申す。誰だ」

大岡忠相が、不機嫌そうに言った。

「なんでも浪人で辰口《たつぐち》某と申す薩摩者ゆえ、甘藷には詳しいようです」

「それはそうかもしれぬ。謙虚に耳を傾けたいものじゃ」

青木昆陽が、思いのほか寛容な口ぶりで言った。

「なんとか甘藷を栽培し、飢饉の対策としたいものよの」

俊平が言ってうなずくと、

「まことでございます。なんとか公方様のご期待にもお応えしたいものでございます」

伊茶姫はそう言って、陽に焼けた昆陽の顔を見かえした。

四

――旧交を暖めたく、ささやかな酒席をご用意した。ぜひにもお越しくだされ。

伊予松山藩主松平定喬から、このような旨の招待状を俊平が受けとったのは、小石川の養生所で忠相らと語りあって三日ほど経った朝のことであった。

場所は吉原の引手茶屋〈東雲《しののめ》〉。

定喬は百助を名乗っていた頃からの知り合いで、越後高田の藩邸で剣術の稽古をつけてやった間柄である。旧交を暖めたいという誘いは不自然なものではないが、さりとて江戸城内ですれちがった折には、冷やかに会釈するだけであったものが、あらためて酒席を用意するというのも妙な話である。

定喬は幼い頃から目端のよく利く童《わらべ》で、兄弟間でもことのほか立ち廻りの上手《うま》さが目立っていたが、書状のはしはしに言葉巧みに魂胆をうかがわせる文面に、俊平も警戒心を呼び起こさせる。

わずかな供まわりで久しぶりに吉原を訪れ、大門前で駕籠を下り、仲通りから半町ほど先の〈東雲〉に惣右衛門だけを供に出向いてみれば、定喬はすでに到着しており、他に数人の家臣と商人風の男が同席していた。

「お久しぶりだな、俊平殿」

女たちに囲まれた定喬は、どこかはしゃいだように俊平を出迎え、同席の者を紹介した。

まだ十八だが、もう酒席は慣れているようである。

隣の浅黒い肌の男が家老の奥平藤左衛門らしい。左隣の恰幅のいい商人は、どうやら平野屋のようである。

「お揃いだな」

俊平は左右の男たちに目を走らせた。

誘われるまま対面の座につくと、すぐに女たちが俊平の両隣につく。

惣右衛門は壁際、松山藩の家臣の対面に座した。松山藩士はいずれも歳若く、どこかやさぐれた感じのする男たちである。

定喬が、女たちに俊平の盃にも酒を注ぐよう命じた。

「柳生殿、いや、二人の間だ。親しく俊平殿と呼ばせていただく。あの頃は二人剣術に明け暮れていたが、今となってはよき思い出だ。まさか、俊平殿が江戸柳生の総帥《そうすい》、将軍家剣術指南役に昇り詰めるとは思うてもいなかった。まこと、芸は身を助くというが、部屋住みにめげず、剣の道に励んでおられたのが幸いしたな」

定喬はにやにやと笑いながら、なれなれしい眼差しを向ける。

「なに、それほどのことはない。たまたま久松松平家の部屋住みの中に養嗣子に使える暇な男がいたというだけのこと」

「私も、まさか松山藩主におさまるとは思ってもいなかったぞ」

定喬は、家老奥平藤左衛門と顔を見合わせてうなずきあった。

「たがいに藩主となった。久松松平家の血を継ぐ者どうし、これからも久しくご交誼《こうぎ》をたまわりたい」

定喬はそこまで言って、隣の大柄な商人に顔を向けた。

太い眉、鰓《えら》の張った角顔は、商人というより町の俠客《きょうかく》といった押し出しで、その黒々とした大きな眼がぎろりと俊平を見つめている。

一万石大名など、なにするものぞの風格がある。

俊平は、その男を見かえして、

(この手の男ならやりそうだ)

と見てにやりと笑った。

「こちらは、大坂の両替商で平野屋だ。米問屋もやっておられてな。堂島《どうじま》ではかなりの幅をきかせておる」

「ほう」

俊平は女たちが傾けた酒器に盃を突き出して言った。

「どうぞ、お見知りおきのほどを」

野太い声で、平野屋が俊平に一礼した。

「こたび、江戸店も持たれてな。幕閣の方々とも面識を持ったそうだ。平野屋、相場を張るには幕府の政策にも通じておいたほうがよいとの考えであったな」

「さようにございます」

「ほう、なかなか商売上手だ」

俊平が冷やかに言った。

「そうだ、俊平殿」

　定香が平野屋に代わって言った。

「薬も商っておるぞ。よい薬を次々に開発しておる」

「聞いている。〈象の泪〉は、売れに売れておるそうだ。だが、一度飲んだ客は二度とは買わぬという」

「なんですと」

　平野屋が、むっとして俊平を睨んだ。

「腹を痛めるという。吐いた者もおる」

「とんでもないこと。妙薬を飲みつづける客ばかりだ」

　平野屋が、憮然とした口ぶりで言った。

「まあいい。その大商人の平野屋が、なにゆえ伊予小松藩の領民である与作を付け狙う」

　俊平はずけりと話を切り出した。

「知りませぬな」

　平野屋が口を大きくへの字に曲げて強弁した。

「知らぬか。ならば、源助は知っておろう」

「源助は知っておりますが」

平野屋は、言って苦々しげに俊平を見かえした。

「その源助の仲間と名乗る荒くれ者が与作を狙った。その荒くれ者は平野屋が飼っておるのだな」

「柳生様とはいえ、いいがかりはおやめいただきたい」

平野屋は野太い声をして言うと、ちらと定喬を見かえした。

代わりに黙らせろ、とでも言いたげである。

「俊平殿、お手柔らかにたのむ」

定喬が顔を歪めて言う。

「私がなぜ、その百姓の命を狙わねばならぬ」

「まことのことを言うたまで。いや、与作が邪魔になるのは、むしろこちらの御藩主定喬殿かもしれぬな」

「知らぬな」

定喬は、憮然として顔をそむけた。

「俊平殿、いいかげんにしてほしい。今宵の酒宴を台無しにするつもりか。われらは身内ではないか」

「それが、どうした」

「身内どうし、血の固い絆《きずな》で結ばれておるはず。我らは、互いに支えあうべきと心得るが」

「場合によりけりだな、定喬殿」

「なに」

定喬は、うっと怒りをこらえて俊平を見かえした。

「おまえは、幼い頃から派手好きで見栄っぱり。己をとりつくろうことばかりを考えておった。それが、剣にもよう表れていた。小手先の技ばかりをおぼえ、強くたたけばすぐに刀を落とした」

「そんな――！」

定喬は、いまいましそうに俊平を見かえした。

「おぬし、城中で公方様とも争うておるそうな」

「これは、久松松平家をあげての代々の対立だ」

「大広間の席次が柳の間詰めの喜連川藩には腹が立つか。だが、あちらは足利将軍家のお血筋、また徳川家もそのお家柄を尊重し、時に利用しようとしている。だから、かつては大広間詰めを与えた。それを小癪だ、生意気だ、と騒ぎたてるは筋ちがい。また幕府の政策にも反する。そうは思わぬか」

「俊平殿は、なにゆえ、あの茂氏めをそれほどに擁護《ようご》する」

「茂氏殿は、もともと血筋にはこだわらぬお方だ。一万石の菊の間大名とも親しく接し、一万石同盟に加わりたいと申された」

「一万石同盟……？」

「筑後三池藩と、伊予小松藩、それにこの私の一万石大名が、固い絆で結びつき、義兄弟の契りを結んだ」

「それゆえ、小松藩に、あれほど肩入れなされておられたか」

定喬は憤然と俊平を見かえし、唇を震わせた。

「そう怒るな。これは、血筋などではなく、心意気による結びつき。不正なるものにはともに立ち向かい、それを正していく。仁も義も、血筋よりは濃いが、おぬしの伊予松山藩の行いには目をつむっておれぬ」

「まあ、まあ」

定喬の隣席で平野屋五兵衛が手をあげて遮った。

「お身内どうしの喧嘩は、端《はた》からみればお仲のよい証《あか》し」

「なにをわかったようなことを。よい折だ、平野屋。おぬしは象の糞であこぎな金儲けをしておるようだな」

「なんのことでございます」

「源助だ。今度は象を殺して源助にひき取らせ、象牙でひと儲けか」

「いいえ。あの象につきましては、そろそろ限りにきていると存じます」

「限りとはどういうことだ」

　俊平が語気を強めた。

「あの象は、私の見るところ、寿命がきているものと思われます。昵懇とする長崎の商人の話では、あの象、買い入れた時からすでに十余年の歳月が経っておるとか。そろそろ寿命、処分をして象牙を利用したほうが世のため人のため」

「平野屋、世のためではなく、己の利益のために申しておるのであろう。象の糞で儲けた次は象牙か。骨までしゃぶりつくす腹だな」

「いささかキツいお言葉でございますが、商人というもの、そう考えることを習いとしております。それよりも、御前」

「なんだ」

「魚心あれば、水心と申します。いずこの大名家も、諸事高騰し、何かと物入りと存ずる。御前の藩におかれましても、金はいくらあっても邪魔なものではございますまい」

平野屋は上目づかいに俊平を見かえし、口元をゆるめた。

「なにが言いたい」

平野屋は、壁際で酒を飲んでいた茶羽織を着けた商人らしい身なりの男に目くばせした。

どうやら平野屋の番頭らしい。

男は紫の風呂敷を開けて菓子折りらしきものを取り出し、上目づかいに俊平を見てそれを膝元にすすめた。

桐箱に入っている。

ずしりと重そうである。男が蓋《ふた》を開けると、なにやら紙にくるまれたものがびっしりと詰まっている。

「つまらぬものでございますが、御前様のお口に合いますかどうか。切り餅《きもち》でございます。二十ほど入っております」

番頭が手もみするような仕草で言う。

切り餅ひとつが二十五両。併せて五百両となる。

「重うございます。ご用人さまとお二人でお持ちかえりなら、荷を二つにおつくりいたします」

番頭が、含み笑った。

「それにはおよばぬ。そのようなもの受け取れぬ」

「ただのお近づきのしるし。そう重くお考えになる必要はございませぬ」

「われらのすることにいろいろめくじらを立てるな、ということだ」

定喬が平野屋の言葉を補った。

「いらぬ」

「は、五百では足りませぬか」

「受けとる気は毛頭ない。それにしても、東西を股にかけた大商人にしては、ケチな額だな」

「そのような」

平野屋がむっとして俊平を睨みつけた。

「象牙から、義歯ははたしていくつ取れる」

「さあ、知りませぬな」

平野屋は、憮然として顔をそむけた。

「上様の倹約令この方、象牙の輸入は大幅に減っている。象牙は今や貴重品だ。あれだけの大きな牙からなら、小さな偽の歯など五百や千は造れよう。それを大商人や医者、大名、旗本に売っていく。おっと、おれの友人の千両役者もほしいと言っていた。義歯の相場は今十両と聞く。五百造れば五千両だ。それに、嘘で塗り固めた松山藩の悪行を、その金で見て見ぬふりをせよというのなら、私はずいぶん見くびられたものだ」

「俊平。松山藩に逆らうというか」

「上様は、松山藩にはまた一揆騒ぎや象への悪戯《いたずら》で困らされているとお嘆きであった。こたびは二度目だ。松山藩、もはやただではすむまい」

「上様が……」

「すべてご承知のこと」

「い、いくら欲しい。柳生殿からよしなにはからって欲しい」

「定喬殿、まだ懲りぬか」

「うっ」

定喬が小さくうめいて壁際の家臣に目を走らせると、居並ぶ若い侍が一斉に差料を引き寄せた。

「私は、たしかに柳生の養嗣子、久松松平家の俊平であった。だが、今はまぎれもない、江戸柳生の総帥、新陰流の師範である。うぬらの相手になるほど弱くはない。それでもよいなら心してかかってまいれ」

　俊平が、ゆっくりと差料をたぐり寄せた。

　むろん脅しで、抜くつもりはない。

「柳生様。われらとて、甘く見ていただいては困るぞ」

　壁際で腕を組み、一人黙然と座していた家老奥平藤左衛門が初めて口を開いた。

「はて、おぬしは悪家老の奥平であろう」

「我らにも、力をお貸しいただけるお方がおられまする。そのお方、そこもと以上に上様のお気に入り。そのお方の話は、たとえ長らく御家流をつとめた新陰流とはいえ、養子入りした藩主のかたちばかりの剣術指南役では不十分。まことの剣に秀でた流派を新たに指南役として召し抱えるべしと申されており、また幕閣からも多々そうした意見が出ておるそうな。直心影流《じきしんかげりゅう》、無外流《むがいりゅう》、小野派一刀流《おのはいっとうりゅう》、その他実力では新陰流に負けぬ強い流派は、指折りかぞえれば十指にあまろう。そのお方は、上様にお考えいただこうと申されておられる」

「なかなか言うわ」

　俊平は、真顔になった奥平藤左衛門を睨みすえた。

「はて、柳生もこれでおしまいか」

平野屋が、そう言って薄ら笑いを浮かべた。

「芋についても、ひと言申しあげたい」

家老奥平藤左衛門が、平野屋に代わって言った。

「芋は南蛮の植物にて、いまだ日の本《ひのもと》に根付いたものではない。米の代わりに食して、まことに体に害はないか、いまだなんの証しもない。そのお方も、芋の採用には否定的であられる」

「おろかな。芋を食うて体に毒がまわって死んだ、などという話、聞いたこともない」

「はて、それはどうであろうか。大切な食物。しばらく五年、十年と慎重に様子を見るが肝要。この国の民が、まかりまちがえば半減することになる」

「米の値を吊り上げておきたい悪党らしい理屈だ。上様も、ぜひ研究をすすめよと申されておられる」

「もういい」

俊平は、らちが明かぬと差料を取って立ち上がった。

壁際で、惣右衛門も立ち上がる。

「待て、俊平、金が足りなければさらに出す」

定喬が、俊平の背に追い打ちをかけるようにして叫んだ。
だが、もはや俊平は振りかえるつもりはない。
数人の家臣が、刀を摑んで俊平を追おうとしたが、さすがに定喬はそれを止めた。
外は、もうとっぷり暮れていたが、吉原の夜は更けてもまだ明るい。

# 第四章　断たれた絆《きずな》

## 一

「なになに。わしはまだ諦めぬぞ」

もろ肌をぬいで、布団の上にごろりと横たわった象耳公方喜連川茂氏が、とろりとした眼で寝言のように呟いた。

——ぜひにも、伊茶姫のびわの葉治療を受けてみたい。

口癖のようにそう言っていた茂氏の願いがようやく叶《かな》って、この日、俊平とともにお局館を訪ねた茂氏は、

——このところ、象小屋に通いづめでな。冷たい藁束の上でいささか体を冷やしたか、持病の腰痛が出てきてしもうた。

と病状を伊茶姫に訴えた。

「まあ、まだお若いのに、どうしたことでございましょう」

雪乃が横から口を出せば、

「まこと、このように逞しいお体をお持ちの公方さまが、腰痛など、とても信じられません」

吉野が、相槌を入れた。

女たちが、巨体六尺をゆうに越え、隆々たる筋肉の茂氏を撫でまわす。

「いや、こうした体なればこそ、よくきしむのじゃよ。私の弱みは腰なのだ」

茂氏は、ことに右の腰に手を添えて言った。

「ほう。そのようなものか」

俊平が笑いながら聞き耳を立てた。

「幼い日、よく河原で大岩を担ぎ、転がして遊んでいたが、それが今になってひびいている。荒川上流は急でな。冬の水はまことに冷たく、濡れた体を放っておいたのがまずかった。あの頃家臣から、老いて後、こたえますぞ、などと注意されたものだが、若かったゆえ、聞く耳をもたなかった」

公方殿は、そう言ってひどく後悔している。

「老いて後など、まだまだお若いが」

俊平はまた苦笑いして、熱燗《あつかん》の酒を片手に茂氏を見おろした。

「象も同じ。先日は与作とともにさらに藁を敷きつめ、小屋に薪を入れて暖めてやったところ、象は気持ちがよくなって、細い目を閉じて眠り込んでおった。なんとも愛《う》いやつよ」

「まあ、それは可愛うございます」

雪乃をはじめ、女たちが顔を見あわせて笑う。

いよいよ伊茶のびわの葉治療が始まる。

伊茶はまず蒸した茶葉箱の蓋を開け、びわの葉を二枚取り出した。それを長火鉢《ながひばち》の火であぶり、公方様の腰に二枚を乗せ、両手であわせて十回ほど擦ると、一枚ずつ手に持って患部を擦りはじめる。

「ううむ。これよ。この気持ちよさ。持病の腰痛も、ようやく治りそうじゃ」

茂氏も、また象のようにとろんと目を閉じている。

御所殿の顔に赤味が差し、血行もよさそうである。

「それは、ようございました。公方さま、またいつでもお声をおかけくださいませ。喜んで治療させていただきます」

伊茶も、治療の効果が表れて、嬉しそうである。

「ほんに、御所さまは、よきお人柄でございますな」

その寝顔を見ながら、歳嵩《としかさ》の常磐が言った。

「世が世であれば、私どもなど、拝顔することもかなわぬ、やんごとなきご身分のお方。こうして間近にお話しいただき、まこと嬉しうございます」

「常磐どの、それは反対じゃ」

茂氏は、また眼を見開いた。

「私など、田舎の小領主にすぎぬ。領地わずか五千石の小領主が、二百人の家臣をかかえ、着の身着のまま、かつかつの暮らしだ。歌舞音曲《かぶおんぎょく》を修め、大奥で華やかにお暮らしであったお局方と、こうして巡りあう機会など、ありえぬ話であった」

「はは、こちらの公方様はの、尊きお血筋のお方だが、まるで身分をひけらかされぬ。そこがお偉いところだ。先日など、与作と象小屋で酒を酌《く》み交わし、肩をたたいて年来の友のようにしておられた」

俊平が茂氏を讃《たた》えて言う。

「それは、まことでございます」

伊茶姫が茂氏の腰にびわの葉を当て、擦りつけながら、みなに言った。

「与作も酔ったもので、身分のみさかいもなく御所さまを百姓仲間と同じように接しており、失礼があってはとひやひやしておりました」

「これこれ、伊茶姫殿。それでは与作がかわいそう。あの者とは、まことに気心が通じ合うたのじゃ」

茂氏がしみじみと言う。

「そういえば、与作とは動物が好きというところがよく似ておられます」

姫が、茂氏のびわ葉治療の手を休めて言う。

「与作は、馬の扱いでは、伊予随一かと存じます。こたびは象で、その技を見せております。公方さまも、象の心がおわかりになるとのこと。ご身分を懸け上様に助命を嘆願をなされました。ご立派でございました」

「つまり、公方さまは、やさしくて力持ち、まこと殿方の鑑《かがみ》、鉞《まさかり》を担いだ金太郎《きんたろう》のようなお方でございますな」

吉野が笑いながら言った。

「なに、ずいぶんと、持ち上げたものだな」

俊平が、面白そうに吉野を見かえし、また茂氏に微笑みかけた。

「与作によれば、公方さまは、けっして喧嘩をなさらぬお方と聞きました」

伊茶姫が言う。

「そう、心がけておる」

「松山藩の先代松平定英殿と折りあいが悪く、さんざんに悪態をつかれたと聞いておりますが、じっと我慢しておられたそうな」

俊平が、公方様の肩を持って言った。

「どのようなことを言われたのでございます？」

吉野が面白そうに公方様に訊ねた。

「なに、大したことはない」

「でも、大名同士の喧嘩って面白そう」

「困ったな。さて、ならばひとつだけ」

お局方が、ぐるりと公方さまを囲んだ。

「たとえば、控の間をまちがえておるのでは。そなたは菊の間ではなかったかなどとか」

「まあ、ずいぶん失礼なことを」

「あるいは、時に呆れたように口を開いて、そこもとの五千石の領地は地図に載っておるのか」

「まあ、ひどい」

「もっと聞かせてくださいませ」

雪乃が、公方様の腕を取ってせがんだ。

「これ、雪乃さん」

常磐がたしなめたが、

「いいえ、そのようなお大名。私が許しません。たしなめてさしあげます」

雪乃が本気で怒っている。

「上屋敷は、いずこの長屋かなどとも」

「公方さまは、よくそれを我慢なされておられますね」

伊茶姫もあきれた。

「いや、これは両家の宿縁の対立なのだ」

茂氏の顔が、ふと真顔になった。

だいぶ、胸中に怒りを溜めているらしい。

「それにしても、公方さまは、いろんなことを考えていらっしゃるのですね」

と言って雪乃が姉様の綾乃と顔を見あわせた。

「このように呑気《のんき》な顔をしているがの、これで、なかなか悩みは深い」

「なら、公方さま、今の悩みをお聞かせいただけますか」

吉野が、起き上がって小袖の腕を通す茂氏に訊いた。

「二つある。ひとつはどうやら喜連川も凶作になりそうなことだ。西国ほどではないが、来年はきっともっと酷《ひど》くなろう」

「いま、ひとつは？」

「象だ」

「まあ、象――！」

女たちは顔を見あわせた。

「このところ、よく暴れておるので、このままでは処分される」

「それはまことでございますか」

雪乃が真顔の俊平に訊ねた。

「おそらくな」

俊平が、言って顔を曇らせた。

「上様が鳴り物入りで南蛮から連れてきたのに、つれない上様」

「これ、雪乃。滅多なことを申すものではない」

「でも……」

大奥から追い出されたお局たちに、将軍吉宗の評判は悪い。

「上様もお困りだ。上に立たれ、率先して質素倹約を励行されておるのに、大飯ぐらいで、乱暴者の象では、なんとかせねばとお考えなのも無理はない」

俊平が、この場は将軍吉宗の肩を持って言った。

「なんとか、助けてやる方法はないのでしょうか」

常磐がすがりつくようにして俊平に訊ねた。

「とりあえず、甘藷を食べさせて食費だけは減らせた。あとは暴れまわるのをなんとか抑えればよいのだが。これも賊が入ったからで、象に罪はないのだが」

「だが、あの大象は冬場は毎年機嫌が悪いという。秋が深まり寒くなるので気がかりだ」

「象は南国の生き物だけに、寒いのは苦手なのですね」

吉野が言った。

「あたしとおなじ。歳を重ねて、このところ冷えがきつくなりました。でも、伊茶さまのびわ葉治療で、だいぶ楽になりましたが」

常磐が腰を摩《さす》りながら言う。

「そうじゃの。私もびわ葉治療が欠かせぬようになりそうだ」

茂氏も腰を抑えて苦笑いした。

「ならば、象もびわの葉で暖めてみてはいかがでございましょう。体が温まりほっこりして、機嫌がおさまります」

雪乃が言う。

「冗談にもほどがある。象を暖めるだけのびわの葉を買い求めれば、どれだけ金があっても足りぬ」

公方様が、雪乃を見て笑いとばした。

「いや、だがそれはよいことかもしれぬぞ、雪乃」

俊平が、ふと思いなおしてそう言い、茂氏と目を見あわせた。

「まず、不用となった布団なり、畳なりを藁の下に敷きつめてはどうだ。象は機嫌が戻るはずだ」

「なるほど、思いつきもしなかった。雪乃、今日は冴えておる」

「なら、芋にだって通じるのではありませんか」

雪乃が追い打ちをかけるように言った。

「そうですよ。芋だって生き物、寒いのであれば、暖かくしてやれば、きっと育ちます。どうやってそのびわの葉のごとく、温もりを温存させるかではございませぬか」

常磐が、言って大きくうなずいた。

「よいことをうかがいました。その話、青木先生にお伝えしましょう」

伊茶も喜んで手を打った。

「芋は、たしか地表から一寸ほどの浅さに種芋を植えるもの。しかし、北国ではもう少し深く植えてはどうじゃ。地表の寒さが届かぬようにな。さらにそこから三寸ほど下に藁を敷きつめてみるとよいかもしれぬな」

野良仕事も知っている公方様が言う。

「水はけも、大切と思われます。冷たい水や、氷を含んだ土では、芋も凍《こご》えてしまいましょう」

「ところで、公方さま、冷えたお体は温まりましたか」

雪乃が公方の横顔をうかがった。

「うむ。体の芯から温まった」

「されば、もっと温まるものを、ご用意いたしましょうか」

「よいな。今日は、明日に期待をつなげるよい知恵がいくつも浮かんだ。前祝いといたしよう」

俊平が明るい声で言うと、

「まあ、柳生さま。ご機嫌がよろしうございます」

「ああ、芋がよく育ち、諸国の飢饉が軽減されれば、これに越したことはない。飢饉といえば、伊予松山藩、阿久里が思い出されるの」

俊平がふと思い出したように言って、壁ぎわにずらりとならぶ三味線の中から、阿久里の細棹《ほそざお》の三味線を見つけ出して言った。

阿久里は、俊平が柳生家藩主に養嗣子として入る折、単身者でなければと幕府に強引に離別させられた正室で、その後、俊平の父の実家、久松松平家の三男の定式《さだたけ》のもとに嫁いでいる。

「そういえば、阿久里さまが先日――」

「阿久里がどうかいたしたか」

「しばらく、お稽古をお休みされたいと」

「はて、なにゆえに」

「なんでも、国表が飢饉で領民は食べる物もなく苦しんでいる折、呑気に習い事など愉しんでおれぬと」

「阿久里も、大人になったものだの。だが、阿久里らしい」

俊平は、目を細めてうなずいた。

「そのお方、柳生殿とどのような関係のお方か」

茂氏が俊平の沈んだ横顔を見やった。

「ご正室さま、いえご正室さまでした」

吉野が真顔で茂氏に告げる。

「松山藩のお方に嫁がれたのです」

雪乃が吉野の言葉を補った。

「松山藩のお血筋に、まともなことを申されるお方もおられる」

茂氏が、感心した。

「それにしても、松山藩も困ったものよ」

「そうそう、先日は象耳公方などと、定喬めに言われました」

「はは、たしかに公方様の耳は象のように大きい」

吉野が言った。

「このような耳を、福耳と申します。あやかりたいものでございます」

常磐が、あけすけな吉野の言葉をおぎなった。

「しかし、あえて象耳などと言うからには、あ奴め、茂氏殿が象小屋に出入りしていることを知っておるのであろうか」

俊平は伊予松山藩の定喬のまだ幼さの残る顔を思い浮かべて言った。

「俊平さま、やはり象を襲った者ら、松山藩の手の者ではございますまいか」

伊茶姫がうなずいた。

「おおいに考えられるな。私も、これはいちど象小屋に詰めて見張っておらねばならぬ」

「ならば、今宵、与作と一杯やろうではないか」

「ならば、わたくしもそ奴らの正体を見とどけたく存じます。我が伊予小松藩を窮地に追いやった者ら、芋を届けがてら、お訪ねしてよろしうございますか」

伊茶姫が強い口調でそう言い、銀の柄頭《つかがしら》の細作りの差料を握りしめた。

「むろんのこと。小屋の役人前野壮右衛門は柳生道場で稽古をしたこともあるという。きっと姫を案内してくれよう」

「はい」

伊茶姫は、嬉しそうに俊平と公方様を見かえしてうなずいた。

# 二

「いやァ、公方様の力には、おったまげたよ」

象小屋の入口まで俊平を出迎えた伊予小松藩の百姓与作が、大人と子供ほどちがう公方様の巨体を仰ぎ見て言った。

姫さまのびわの葉治療が効いたそうで、茂氏は象の前で上半身裸になるや、どこで集めてきたか藁の大きな束をいくつも担いで象の寝床に敷きつめ、さらに小石川養生所の中間《ちゅうげん》が持ち込んだ大袋いっぱいのいびつで痩せた芋をふんだんに象に与えたという。

「なんの、これくらいの力仕事、造作もないことよ」

公方様は、けろりとした顔でそう言い放つ。

公方様が浜御殿に駆けつけ、その後を俊平と伊茶が追っていく手筈《てはず》となっている。

「ありがてえよ。お局さまのところからの手土産だといって、伊茶様が旨え料理や上等な酒をたっぷり持ってきてくださった。今夜は愉しい宵となるよ」

姫は、もう先に来て、道場仲間と御殿脇の長屋で話し込んでいるという。

「よかったな。よく食べるようになって。象もだいぶ体ももどってきたようだな」

俊平が、見あげるように象を見て言った。

「国表の連中には、すまねえ気持ちでいっぺえだ。おれだけが、こんないい思いをさせてもらってな」

「なに、おぬしが勇気を出して江戸まで報せに来てくれたから、争いもなく、領内は治まりつつあるようだ。伊茶どのの話では、松山藩に操られて一揆を起こそうとしていた連中とは、どうやら話し合いがつきそうだという。小松藩では、大三島からまた大量に芋を買い入れることにしたという。国表の一揆を企てた者らも、咎は受けぬというぞ。おまえは、いつでも国表に帰れよう」

俊平が与作の肩をたたいて言った。

「それが、なんだかすっかり江戸の水に慣れちまった。それに、この象がかわいい。おれがいなくなっちまったら、きっとまた暴れるかもしれねえ。目が離せねえなあ」

「それなら、いましばらく象の世話をつづけるかい」

俊平が徳利の酒を御殿から持ち込んできた茶碗に注げば、与作は旨そうに飲み干す。

「与作、帰るなよ。わしはおまえが去れば淋しい。おまえは、まことよき友だ。ともに酒を酌み交わし、故郷の唄でもうたえば、浮世の憂さが吹き飛んでしまう」

公方様が与作の肩をとってしみじみと言う。

象も二人の話がわかるのか、鼻を鳴らして喜んでいる。

三人で小屋の藁束の上にごろりとなって、酒と料理に舌鼓《したつづみ》を打つ。

「与作、そなたの国の凶作は、いったいどのようなものだったのだ」

藁の上に片肘をついて茂氏が問いかけた。

自領の凶作が気にかかるらしい。

「日照りがつづいてな。そのうえ、うんかが西の空から飛んできた」

伊予小松藩の西は、伊予松山藩である。

「そりゃあ、すごい大群で、稲がすっかりやられちまって、収穫はいつもの年の三分の一もなかった。百姓はみな、米を食い尽くしちまって、食べられるものなら蛇《へび》や蛙《かえる》まで手を出した。もちろん、道端の雑草もみな食った。さいわい、小松藩は海に面しているんで、魚だけはとれた。今年もひどいが、凶作は去年ほどじゃあねえ。これに芋が加わったから、なんとかなるさ」

「一揆の動きも、どうやら静まりそうだな」

俊平も安心して声をかけた。

「俊平さま」

表に人の気配があって、伊茶姫が御殿のほうから駆けてくると、象小屋の大きな木戸を開けた。

「ただ今、こちらに向かう途中、夕闇の中でさだかではございませんが、浜沿いの松の木陰に人影がございました」

伊茶が、役人からの差し入れと徳利を与作に手渡しながら、戸口を見かえして言った。

「なに。荒くれ者ども、懲《こ》りずにまた現れたか」

藁束に寝ころんでいた茂氏が立ち上がった。

「いや、こたびは、なにやら侍のようでございました」

「武士か。数は――」

俊平が、苦々しい表情になって言った。

「七、八人といったところでしょうか。覆面《ふくめん》で顔を隠し、徒党を組んでおりました」

「ふうむ」

俊平が顎を撫で茂氏を見かえした。

「なれば、やはり伊予松山藩か」

茂氏も苦虫を嚙み潰した顔で言う。

三人とも、争いたくはない相手である。

「おそらく、あの夜の仕返しであろう」

俊平が、腕まくりしてめずらしく喧嘩の支度を始めた茂氏を見上げて言った。

「まったくしつこい奴らでございます。きっと、仕掛けた一揆を抑えられたので、腹いせでございましょう」

俊平と伊茶姫、茂氏が付いているので安心しているのか、与作も怯えるより、むしろうんざりしている。

だが、ここで暴れられては、穏やかにしている象が、また暴れだす。大象は、もういちど暴れたら明日はない。

「まこと、定喬め、大人げない」

俊平が、吐き捨てるように言った。

「お聞かせねがえぬか。伊予小松藩に対しても他愛のない仕掛けをする者らから、他にどのような嫌がらせを受けられた」

「なに、言うほどのこともない。大したことはない。先代の定英殿の頃、いや、もっとずっと前からのことでな」

「さようでございましょう。公方さまは大人。歯牙《しが》にもかけることはないと思われますが、伊予松山藩は我が隣藩。後学のためにもぜひ知っておきとうございます」

伊茶姫が大徳利をかかえて、御所殿の欠けた茶碗に酒を注ぎながら訊ねた。

「はは、なれば、ひと夜の戯れ言としてお聞きくだされ」

「さよう、酒の席の戯れ言としてお聞きします」

「登城の折には、たびたび駕籠を競《せ》りかけてこられました。我が藩は貧乏藩ゆえ、渡り中間を雇い入れております。近頃の中間は、駕籠に乗る者など歯牙にもかけず競られれば競りかえすで、私などいちど駕籠から振り落とされました」

「まあ」

伊茶姫が笑った。

「ごめんなさいませ。公方さまが駕籠から振り落とされたお姿を想像して、つい笑ってしまいました」

「あれは痛い」

「さようでござろうな。私はまだ一度もそうしたことはないが」

俊平も苦笑いする。

「他には」

与作が面白がって、茂氏の肩に手を乗せた。

まるで、村の隣人に対するようなそぶりである。

「これ、与作。そのようなことをしては失礼でしょう」

「へい、姫さま。すみません」

「よいのだ、伊茶どの。私と与作の仲だ」

「はは、それで」

俊平が、話の先を促した。

「馬で登城した折には、いつの間にか鞍《くら》を切られておりました。あのようなことをするやからは、松山藩の者以外にない」

「やはり、徳川家一門の久松松平家の奢りもございましょうか」

伊茶姫が厳しい口調で言った。

「おそらくそうしたものもあろう。すまぬな、姫。私にもそのようなところが残っておるやもしれぬ。気がついたら、教えてくだされ」

「俊平さまには、そのような気配は、微塵《みじん》もございません。俊平さまはけっこうな苦労人でございますから」

俊平を見かえし、うなずきながら姫が言う。

「たしかに、私は苦労をしている」

「それより公方様は、よく我慢なされておられます」

伊茶姫が、感心したように茂氏を見つめた。

「苦労などはしておらぬが、すべては領民を守るためと思うている」

「ふむ」

俊平も同意してうなずいた。

「なんの、世の中、我慢、我慢。私が爆発したら、ろくなことをしない。そのことがわかっている」

「それだけのお力があるのですから」

「まあ、公方さまがお怒りになったら、どうなるのでしょう」

「きっと破滅しような。わたしも、喜連川藩も」

「はは、聞いたことがあるぞ。茂氏どのは、上様と腕相撲をして、負けるふりをして、ずっと押されていたが、本気を出せと上様にしかられて、力を出したところ、上様は一瞬のうちに負けて拳をひどくいためられたそうだ。まこと、相撲取りと相撲をしたようだと申されていた」

「上様をお怪我させてしまった。喧嘩をしたら、きっと相手を死なせてしまうかもしれぬ」

入ろう」

「お二人とも、正面から伊予松山藩とは喧嘩をしたくはなかろう。されば、私が間に入ろう」

俊平が二人の話を聞き終えて言った。

「ならば……、すまぬが、柳生殿におまかせするか」

「大丈夫、任せておけ」

俊平がそう言って、胸をポンとたたいたとき、なにやら外に気配がある。

いきなり、象小屋の大扉を開けて覆面の若侍が七人ほど、姿を見せた。

伊予松山藩の藩士らしい。

数人が、矢をこちらに向けていた。

「いかん、伏せろ！」

俊平が叫んだのと茂氏、伊茶姫、与作が藁束の中に身を伏せたのはほとんど同時であった。矢は四人を掠《かす》めるようにして、藁束をたたいた。

「許せぬ！」

茂氏も、大刀を摑んで立ち上がった。

大太刀国友《くにとも》を磨き上げて大刀とした一刀である。

弓矢を持つ男たちの背後から、松明《たいまつ》を掲げ、さらに数人が雪崩《なだれ》込んでくる。

覆面をしているが、その挙措《きょそ》から見ても、まだ年若い。おそらく、定喬の取り巻きの一団であろう。

「懲らしめてくれる」

茂氏が大の字に両手を拡げ、賊の前にたちはだかった。

与作が矢のなかを、倒れ込んだ象を、檻の中に助けに飛び込んでいった。

賊に立ち向かった茂氏が、人をはねのけ颶風《ぐふう》のように突進していく。

七尺近い大男が、太刀を振りかざし襲いかかってくるので、賊はみな胆《きも》を潰し、松明を藁束に放り投げると、慌てて外に飛び出し、逃げていった。

「待てぃ！」

俊平が、その後を追った。

茂氏は象が気がかりなのか、いくども振りかえりながら俊平の後を追って外に飛び出した。

与作が檻の鍵を開け、象を外に誘導するのを見とどけて、伊茶姫も後を追う。

浜御殿の敷地は広く、すっかり夜の帳《とばり》が下りている。

潮入りの池を囲むように御殿が見えているが、賊はその反対側、七人ほどが束になって海岸沿いに松林を駆け去っていく。

浜は灯りもなく、松明を投げ捨ててしまったので、賊の影は漆黒《しっこく》の闇に溶け、確認するのも容易ではない。

彼方、天と地もわからぬ闇の間に、屋形船の船影がぼんやりと浮かんでいた。

明かりは、一つを残して落としている。

その船の方角から、闇を縫って数隻の猪牙舟《ちょきぶね》がこちらに近づいてくるのがわかった。

「柳生殿、迎えが来たようだ。この分では逃げきられてしまうの」

茂氏が唸るように言う。

「やはり、大きな組織が動いているようだ」

振りかえれば闇を照らして、象小屋から炎が立ち上がっている。

「藁をびっしり敷きつめているだけに、よう燃えておるわ」

温厚な茂氏が声を悔しそうにしてまた沖の船に目をやった。

「象は、逃げおおせたであろう」

俊平が、夜陰を明るく染める炎の方に目をやって吐息した。

「姫も与作もおるでな。ぬかりなく処理をしたであろう。それより、気がかりなのは上様の寛容さだ。はて、どこまでのものか。ふたたび、このありさまだ。小屋も燃えてしまって、処分を下知《げち》なされるやもしれぬ」

「それが心配だ。それに伊予松山藩のこと、こたびのこと、きびしくご処置なされるかどうか」

「まことよの。ただあ奴ら、増長しきっておる。もはや止まらぬようだ。されば、じっくり懲らしめねばなるまい」

「懲らしめる？　柳生殿がご実家を懲らしめると申されるか」

「見て見ぬふりはできぬ。辛いことではあるが」

「とまれ、象のところまでもどろう」

俊平は、自分より二まわり大きな茂氏の横顔を見かえすと、その肩を取って夜の闇を歩きだした。

三

葺屋町の表通りからちょっと引っ込んだところにある小体《こてい》な料理茶屋〈あけぼの〉は、伊予松山藩の久松松平家に嫁いでいった俊平の元正室阿久里が、ぜひ夫のことで頼みたいことがあると俊平を呼び出した際に入った店である。

阿久里の夫の心の弱い定式は、海賊久留島《くるしま》衆《しゅう》の末裔である豊後《ぶんご》森藩主《もりはんしゅ》久留島光通《てるみち》の子分同然となり、遊興に金を遣い果たした。

あの日、お局方と顔見知りになった阿久里は、月に数度、お局屋敷に三味線の稽古に通うようになっているという。

雪乃を通して定式と阿久里の二人に会いたいと伝えてほしいと頼むと、五日ほど経って阿久里の下男が柳生屋敷に、書付を置いて帰っていった。

――料理茶屋〈あけぼの〉で、お会いいたします。

と言う。

その夕刻、俊平が惣右衛門を伴い〈あけぼの〉を訪れてみると、二人は夕陽の差し込む船宿の西向きの部屋に揃って座り、俊平に丁重な挨拶をし終わると、定式は固い表情で俊平を見かえした。

惣右衛門は廊下側の襖の前に座る。

「惣右衛門さまもご一緒に」

阿久里が声をかけたが、

「いえ、私はこれにて」

惣右衛門は、薄く笑い固辞をした。

「国表はいかが。だいぶ厳しいと話に聞いておるが」

定式に飢饉の話題を向けると、

「昨年は、まことに厳しかった。江戸屋敷詰めであったので、国表のことは詳しうはわからないが、領民はみな食うものもなく、死人が大勢出たそうです」

「まこと、大変であったな」

「そのことで、領民への処遇をめぐって上様のお怒りを受け、こたびご藩主が交替しました」

「松山藩は父の実家、ご同情申しあげる」

「お気づかい、ありがたく存ずる」

定式は、上目づかいに俊平のようすをうかがいながら言った。

「して、柳生殿、本日のご用向きは」

気の短い定式が訊ねた。

「なに、大したことではない。伊予松山藩は父の実家。他人《ひと》ごとではないゆえ、藩のようすを知りたかったのだ」

「さようですか」

松平定式は、ふと安堵したようすで、阿久里を見かえした。

阿久里は、それだけではあるまいとじっと俊平を見つめている。

「藩主の交替に際しては、藩邸でもだいぶ諸役の入れ替えがあったようだの。新たなご藩主とともに家老も入れ替わったのであろう」

「家老は、奥平藤左衛門となっています」

「家老にはいちどあった。食えぬ奴だ。藩主定喬殿は、今は変わってしもうたが、よく剣術を教えてやった」

「まあ」

阿久里が俊平を見かえし、相好をくずした。

「じつはな」

俊平はふと前かがみになって、

「阿久里の夫だけに、そなたらの行く末は気がかりなのだ。大丈夫であったのか」

「なにがです」

「人事の入れ替えだ」

「この人は……」

阿久里が、隣の定弐を見かえして口を開いた。

「この調子ですから。でも、それが幸いしてか、どっちつかずの人と見られ、今では家老に目をかけられ、末席に加えていただいております」

「そういうことだ」

松平定式が言うと、俊平は苦笑いした。

酒膳が運ばれてくる。以前ここの料理は口にしたことがある。お局たちが選んだ店だけに、料理も酒もしっかりしていた。

「先の家老は、領民には酷《ひど》いことばかりであったと聞く」

「それは、まあ……」

「幕府の貸付金を、領民のためには遣わず、大坂の両替商平野屋にすべて流してしもうたそうな」

俊平は、たたみかけるように言った。

「あれは、莫大な借金があり、平野屋から返済のやんやの催促。藩としても、関係を保つためにはいったんは返さねばならなかった。それゆえ、返済に回したという話です」

「しかし、その金を待ち望んでいた領民も多かったはずだ」

「それはそうです。冷たいことをした」

「先の家老は、このことで蟄居閉門を言い渡されているな。噂では、平野屋とはずぶずぶの関係であったというが」

「そのようにも聞いています」

「また平野屋という商人、したたかな者にて権力者に巧みに近づき、己の利を求めるという」

「そうかもしれない。松山藩はしょせん田舎の大名が治めているのだ。利用されているのやもしれぬ」

「ところで、こたびの家老、奥平藤左衛門という人物はどうだ」

俊平は、うつむいたままの松平定式をうかがい見て訊ねた。

「さあ、ようは知りませぬ」

「だが、引き立ててもらっているのであろう」

今度は阿久里に話を向けた。

阿久里は小さくうなずいた。

「隣藩の伊予小松藩で一揆の噂が立った。ご存じか」

「いや。知らぬ」

「その一揆の裏で、伊予松山藩から送り込まれた間者《かんじゃ》が、領民を扇動しているという話がある」

「そのようなことはないはず……」

定式は困惑して俊平を見かえした。

「家老奥平藤左衛門殿は、落ちた伊予松山藩の評判を回復するため、他の藩を悪役にしているのではないか」

顔を背《そむ》けがちな定式を、うかがうようにして俊平が訊ねた。

「それは許せぬ。だが、私など藩主の縁者ということで、末席に加えてもらっているだけ。そのような企てがあったとしても……」

「教えてはもらえぬのか」

俊平は、苦笑いして阿久里を見かえした。

「ところで、定式殿。話は変わるが象のことだ」

「象……?」

「もうだいぶ前のことになるが、上様が安南から象を買い入れられ、その象が京を経て江戸に運ばれてきたのはご存じであろうか」

「聞いたような気がします」

「象は今、浜御殿で飼われておる」

「それが、どうしたのです」

定式が憮然とした表情で俊平を見かえした。

「あそこは幕府の別邸だ。その象が、その御殿で賊に襲われた。矢を射かけられ、小屋が焼かれた。松明を慌てて捨てたものだから、火が移った。襲ったその一団は、いずこかの藩士で、手引きしていた船に乗り移って逃げて行った」

「それは、初めて聞きます」

「賊は幕府の別邸に潜入し、そこで飼われていた象に矢を射かけたのだ。大胆不敵なことをするとは思わぬか」

「まことに……」

「浜御殿など、なにするものぞの思い上がりが感じられる。伊予松山藩の者ならやりそうなことだ」

「………」

「なにゆえ、象に矢を射かけたと思うな」

「知らぬ」

「それより前、同じように町人の賊が潜入し、象の飼育係を襲った。その賊は調べによれば、松山藩が送り込んだらしい。平野屋に雇われた用心棒どもであることがこたびわかった」

「信じられぬこと。そのようなこと。証拠でもあるのですか」

「証拠はない、だが面体は確かめてある。平野屋に雇われた荒くれ者とその何処かの若い藩士どもは、伊予小松藩の百姓を襲ったのだ。その百姓は、江戸の藩邸に、一揆の企てがあると伝えに来た者だ。一揆は、どうやら松山藩が仕掛けたフシがあり、その百姓の通報により一揆が未然に防げた。それを怨《うら》みに思って襲わせたらしい」

「そのような。証拠もなくそこまで申されるは、柳生殿、著《いちじる》しくお父君の実家の名誉を傷つけることになりますが、よろしいのか」

定弐が鋭い口調で言った。

「承知しておる。私も、実家を悪う言いたくはない。だがな、定弐殿」

俊平はさらに身を乗り出し、定弐を真っ直ぐに見かえした。

「ここだけの話だ。聞いてほしい」

「な、なんです」

「私は、上様の剣術指南役。だが、それだけではない。特命にて上様から影目付を仰せつかっておる」

「影目付……？」

「内々のお役目で、政《まつりごと》の歪《ゆが》み、悪政を正すお役目だ。大目付《おおめつけ》と、おなじようなお役目だと思ってほしい」

定式が、うっと息をつまらせ俊平を見かえした。

「驚くことはない。藩祖但馬守《たじまのかみ》は総目付を仰せつかったことがある。柳生家にはそうした仕事がまわってくる。上様はこの享保の世に改革の大鉈《おおなた》を振るっておられる。だがな、大胆な政策を次々に繰り出して大きく鉈を振るえば振るうほど、その政策の歪みも生まれる。その歪みを正すのが、私のお役目だ。とはいえ伊予松山藩を潰すつもりで動いているわけではない。他藩の領民まで困らせる大名は、見過ごすことはできぬ。飢饉の折、米の値を吊り上げる商人もな」

「我が藩は、どうなるのです……？」

「さて、上様しだいだ。私の父は、幕政のしくじりで桑名から雪深い越後の山里へ飛ばされた。伊予松山藩とて、御一門を鼻にかけ無茶なことばかりやっておると、どんなところに飛ばされるか、知れたものではない」

「そのようなことが、あるのですか」

「ありうるな」

俊平は、大きくうなずいてから阿久里を見かえした。

俊平の元妻は、下を向いている。

「伊予松山藩は、わが父の実家。願わくば、そのようなことになってほしくないものだ」

「どうすればいいのです」

「そこだ。そなたが、正直に藩内の動きを私に伝えてくれれば、まだ救う手がないものでもない」

「藩内の動き――?」

「ことに、家老奥平藤左衛門の動きが知りたい。次は何を企んでいるか。平野屋とはどれほど結びついているか。そのあたりをぜひにも頼む」

「そのようなこと、私にはわかりませぬ」

「わからぬでは、松山藩はもはや立ちゆかぬ。幕府に大鉈を振るわれぬよう、定式殿も、禄を減らされ雪深き片田舎に移らねばならぬようにな」

「ま、待ってほしい、俊平殿」

「ならば、まず訊く。奥平は平野屋とどう結びついておる」

「私は、数度奥平殿と平野屋の宴席に出たことがある。それは親しそうであった。まだ飢饉も収まらぬというに、ずいぶん豪勢な宴席であった」

「その金は、あるいは領民の苦しみの上に積み上げられたものかもしれぬぞ」

「そうかもしれぬ。奥平藤左衛門は、権力の亡者だ。そ奴が、藩の実権をしっかり握っている。だが、私にはそれを咎める力はない」

「藩主は、咎めぬのか」

「残念だが、殿はまだお若い。奥平の言うがままです」

「ならば、今や松山藩の藩政は、すっかり奥平一派に握られているということだな」

「お恥かしいが、そういうことだ」

「ならば、まだ救いようがある。膿を出せば藩主もともに救われよう」

俊平は定式を見すえたまま、首をわずかに傾げて顎を撫でた。

「柳生殿、私はどうすればよいのです」

「だから今後とも、奥平藤左衛門の動きを私に伝えてほしい。じつは、奥平を陰で動かすものがある」

「陰で……。平野屋のことか」

「むろんそ奴もだが、その上がおるらしい」

「その上……?」

「名はまだ出せぬ……。奥平が、その平野屋の他に幕府のご重臣と会合する折には報せてほしい」

「と言うても、大したことはできぬ。私の毎日は、柳生どのも承知の部屋住みの茶花鼓暮らしだ。それに、柳生藩邸に駆けつけるわけにもいくまい」

「ならば、遠耳の玄蔵という者を付ける。その者に伝えてほしい。その名のとおりの私の耳だ」

「遠耳の玄蔵……」

「幕府のお庭番だ」

「げっ」

「なに、怖がることはない。そなたの中間《ちゅうげん》とでも申して、身近に置いてやってくれ。また玄蔵に連絡のつかぬときは、阿久里殿」

俊平は明るい目で阿久里を見かえした。

「はい、俊平さま」

「ご亭主の知り得たことを、柳生藩邸の惣右衛門に伝えてほしい」

「はい、でも……」

阿久里はちらりと、定式を見かえした。

「よい。しかたない」

定式が苦虫をかみつぶしたような顔をした。

「柳生藩邸でも、どこでも駆けつけろ。おれが許す」

「すまぬな、定式殿」

「つまらぬ嫉妬《しっと》をしている時ではない。ここまで影目付殿に目を付けられては、我が藩に逃げ場はあるまい。上様をもう一度怒らせてしまえば、もう終《しま》いだ」

「よくわかっておるようだな」

俊平は、また阿久里を見かえした。

「心得ております」

阿久里は丁寧に三つ指をつき、嬉しそうに微笑んだ。

「ところで、飢饉の話だが」

俊平が、ふたたび定式に顔を向けて語りかけた。

「芋がよい」

「芋……?」

「薩摩の芋だ。飢饉に苦しむ領民を救うことになるかもしれぬ。決して平野屋に芋畑を襲わせてはならぬぞ」

「なんのことやら……」

定式は、白々しく唇をゆがめた。

「よいのだ。どうやらおぬしはまだそこまでは嚙ませてもらってはおらぬようだ。阿久里殿、お局屋敷には美味《うま》い芋の餅がある。こんど訪ね、土産に持って帰られよ。吉野が用意してくれよう」

「わたくしは」

「よいのだ。そのくらい息抜きをされよ」

「はい」

阿久里はほっとして頰を染め、俊平に微笑みかけた。

「まあ、俊平殿。固い話はこれくらいにして、ゆるりと飲みませぬか。そちらの用人もどうじゃ」

定式が惣右衛門にも酒器を向ける。

「いえ、私はたしなみませぬ」

固辞する惣右衛門に阿久里は微笑んだ。

惣右衛門はかつては、阿久里が父のように何でも相談した男である。

# 四

「どう見たな、惣右衛門。あの二人」

「はて、息が合うておるような、おらぬような」

惣右衛門は、厳しい口ぶりで俊平に応じた。惣右衛門は同席していたが、結局ほとんど酒を飲んでいない。

「夫婦というもの、息が合うてないようで、どこかで合うておる。また、合うているようで合うてない。面白いものよ」

「さりながら、阿久里さまも、それなりに落ち着いておられるようでございます」

「けっして諦観《ていかん》ではあるまい。あれはやさしい女だ。私とはちがう夫婦の関係を築いておるのやもしれぬな。そのまま、そっとしてやりたいものだ」

俊平は、思うままを惣右衛門に告げた。

今宵は満月で、帰路の三十間堀《さんじっけんぼり》沿いの柳の並木がほの白い。

「おやさしい殿でございます」

惣右衛門は俊平を見かえし、相好をくずした。

「それにしても、伊予松山藩、だいぶ内情は腐っておるようだ」

「上様も、もういちど大鉈を振るわざるをえませぬかな」

「難しいところであろうよ。松平家をたたくことは、天に唾《つば》するようなところがある。巡りめぐって徳川家としては、幕府の威厳を、毀損《きそん》することにもなろう」

「さようでございますな。避けたいところではございましょうが、ただ悪政はまわりまわって徳川家の威厳をじわりと損ないまする」

「うむ。さればこそ、私のお役目だ。影目付が、目立たぬように懲らしめてやらねばならぬ」

「お覚悟ができておられまするな」

惣右衛門が月影を受けた俊平の白い顔をうかがった。

堀を下る猪牙舟がゆっくり南に向かっている。

秋の気配はいちだんと濃く、夜風が思いのほか肌寒い。

土手の虫の音《ね》も、どこか弱々しく秋が名残惜しそうである。

俊平、惣右衛門主従はゆったりと歩度をゆるめた。

「惣右衛門——」

「わかっております」

惣右衛門が、刀の柄《つか》を摑んでいる。

料理茶屋を出てしばらくした頃から、ひたひたと二人の後を尾けてくる男たちがあった。

すでにとっぷりと夕闇が落ち、その姿をたしかめることはできないが、その数三人と思われる。

「どうせ、雇われ浪人ども。ものの数ではございませぬ」

「しかしの……」

俊平の声が、くぐもっている。

「殿、どうなされました」

「いや、なに、ちと酔うた」

「酔われた。殿らしうもござりません」

惣右衛門は、主《あるじ》俊平の足元に目をやった。なるほど、足並みがわずかに乱れている。

「しかしながら、あれほどの酒で、なにゆえでございましょう……」

「惣右衛門、これは謀《はか》られたかもしれぬ」

俊平の足がもつれて、前のめりになる。

「大丈夫でござりますか」

惣右衛門が心配そうに主をうかがった。

「……あの酒だ。眠り薬が入っていたのであろう……！」

「されば、定式殿があの酒に！」

「あるいはな。だが、そうではないかもしれぬ」

「そういえば、酒を運んできた小女《こおんな》の素振りがちと妙でありました」

惣右衛門が、ふと気がついたことを口にした。

「されば、酒を運ぶ途中で一服盛られたとも思える。悪うはとりたくない」

そう言う俊平の舌がからんで、呂律《ろれつ》がまわらない。

「惣右衛門、おまえは大丈夫なのか……」

「わたくしは、あまりいただいておりません」

「そうであったな。ならば、惣右衛門に頼んだ。そちの腕の見せどころだ」

そう行った俊平が、ふたたび前によろけた。

柳の幹に手を添えていると、堀を往《ゆ》く猪牙舟の灯りがにじんで見えた。

「もはや、歩けませぬか」

「なに、がんばる。だが……」

そう言った俊平の足元が、さらに乱れて路肩の柳の幹に両手をついた。

「殿――！」

惣右衛門が叫んだ。

後方から男が三人、突進してくる。

俊平が刀の鯉口《こいぐち》を切ったとき、黒い影が三つ、彼方から回り込んで二人を囲んだ。

見れば、着流し姿の浪人ふぜいである。いずれも腕には相当の自信があるらしく、江戸柳生総帥を恐れる気配はない。

「うぬら、何者――！」

俊平が、かっと眼を見ひらき視界に蠢《うごめ》く者たちを探った。刀の柄頭《つかがしら》を摑み誰何《すいか》した。

「柳生俊平殿とお見うけいたす」

前方に立つ、前髪が額にかかった六尺近い上背の浪人が前に出た。

面体は闇に溶け、確かめることができない。

「いかにも」

「われら、小野派一刀流を修める者。小野派一刀流は柳生新陰流と並んで将軍家指南役を分けていたが、今は面目を失い野に下っておる。柳生の剣がまことわれら一刀流を凌ぐものか、おおいに不審。この腕にて確かめたい。尋常にお立ち会い願いたい」

「笑止《しょうし》。闇夜に三人がかりで酔客を取り囲み、尋常の勝負とは聞いて呆れる。酒に眠り薬を盛ったのは、うぬか。それとも雇い主か」

「はて、知らぬ」

左手のずんぐりした小男が言った。

「うぬらの雇い主は、大坂の両替商平野屋か。それとも、伊予松山藩松平定喬殿か」

惣右衛門が俊平に代わって訊いた。

「ますますもって、なんのことやらわからぬ。眠り薬と申されたが、江戸柳生総帥柳生俊平殿ともあろうお方が迂闊にも何者かに一服もられるとは、すでに将軍家指南役の資格なし」

身を沈めるようにして隙をうかがう小男が、仲間と目を見あわせて嘲笑《あざわら》った。

「寄るな、寄れば、この小柄《こづか》が飛ぶ」

惣右衛門が、引き抜いた小柄を耳の辺りに構えた。

「まあよい、惣右衛門。眠っておっても、こ奴らほどの腕なれば、この私が倒せよう」

俊平が、ふらふらと左右に乱れながら、腰間《ようかん》から鞘ごと大刀を前に引き出す。

「諸橋《もろはし》、おまえはその用人を斬れ」

中央の男が右の小男に目くばせした。

「心得た」

諸橋と呼ばれた男が応じた。

「藤崎《ふじさき》、おまえは柳生の背後に廻れ」

「わかった」

左のすばしこそうな男が、ぐるりと俊平の背後に回り込んだ。

後ろは土手である。

中央の大柄の男は刀を抜き払い、鞘を捨てた。

二尺六寸はあろう、常寸よりかなり長い刀である。

諸橋が、俊平の脇に立つ惣右衛門ににじり寄る。惣右衛門は小柄を構えたまま後退した。だが、撃ち込んではこない。

稽古熱心な惣右衛門が所持する小柄の腕が、自身の剣の速さを凌駕《りょうが》していることを感じ取っているらしい。

数日前の雨で、道はぬかるんでいる。足元が乱れたため、俊平は草履《ぞうり》までべとべと濡れている。

「きえい！」

前方から長身の男が、大刀を頭上に撥ね上げ、真っ向一文字に俊平に撃ち込んできた。

小野派一刀流〈一刀両断の太刀〉である。

俊平はぬかるんだまま、酔いに任せて膝から崩れ込むと、斜めに空を切った刃をひるがえし、長身の男が俊平をさらに追う。

俊平は右方に崩れて片膝を着くと、男は追いすがってくる。

俊平は地に崩れた。右肩から顔にべっとりと泥がついた。

男は小さく突きを繰り出すが、俊平はごろごろと転がり、巧みに剣先をかわす。

頃合いを見て、俊平は立ち上がった。

(なんだか、酔いが覚めたようだ)

男たちが、ぞっとして立ちすくんだ。

ついさっきまで隠れていた月が、雲間からまた吐き出されていた。

ぱっと視界が明るくなった。

掘割の水に、月が影を落としている。

三人の男たちを睥睨《へいげい》した俊平の顔が、泥を塗ったように黒い。

右のずんぐりした小男が、うっと撃ち込んでくる。

俊平はその場に止まり、また打ち込んできた相手の刀身をたたいた。

火花が闇に四散した。

そのまま刀を翻《ひるがえ》せば、男の胴を抜くことも容易だが、俊平は刀を下げると同時に男を睨み、にやりと笑った。

「酔いが覚めたら、どうやら相手ではないようだ」

相手は気圧《けお》され、また後ろに下がった。

惣右衛門が、俊平に近づいて背中を合わせてくる。

「卑怯者らめ。それでは一刀流の名が泣くぞ。相手に眠り薬を含ませねば、撃ちかかれぬのか」

「誰に頼まれたのだ」

今度は、惣右衛門が再度主に代わって誰何した。

「…………」

「言えぬか。なら、もはや訊かぬ。その代わり、今夜、一刀流は闇討ち剣法と名を変えたと胸に刻んでおく」

俊平が、吐き捨てるように言った。

腹が立ったのか、前の長身の男が、また草履をにじらせて踏み込んでくる。

　そのまま、真一文字に撃ちかかってきた。

　俊平は、ふらつきながら体を斜めに傾けて剣刃をかわし、トントンと小さく口ずさんだ。新陰流独特の剣の拍子である。

「あっ」

　男の腕の筋が切れている。

　一瞬痛みさえわからぬようであった。

「生憎《あいにく》だが、おまえのその右手は、じゅうぶん使えぬ」

　俊平は刀を下段にもどし、後方に向かった男を睨んだ。

「知りたい。定式殿はこのことを承知のうえか」

「知らぬ！」

　左のすばしこそうな男が言った。

「もういい」

　長身の男が腕を押さえている。

　小さく仲間の二人に声をかけ、背をひるがす。

「逃げるか、卑怯な」

　惣右衛門が男たちを数歩追おうと前に踏み出したが、

「追うな、追うな」

俊平は、惣右衛門を止めた。

月の光が妙に白々しい

男たちには早く立ち去って欲しかった。

定式が酒に眠り薬を入れ、一味をけしかけたとは思いたくなかった。

# 第五章　烈風九十九里《れっぷうくじゅうくり》

## 一

「もはやあの象、あのままにしてはおけぬ」

将軍吉宗は、書類の束を文机《ふづくえ》の上に放り出し、重い吐息とともに俊平に言った。玄蔵から、

――上様が、いよいよ象の処分を決められたようです。

と伝えられ、俊平は急遽《きゆうきよ》登城し、吉宗に対面を求めた。

この日、将軍吉宗は頭痛がするといって寝所に引き籠もっていたが、午後になって御座所に出て溜まった書類に目を通しはじめたという。

顔色が冴《さ》えず、機嫌もあまりよくない。

「もはや無理じゃ、俊平。幕閣からの飢饉対策もあれこれ上がってくる折、万事に倹約を求めねばならぬ。聞けば、賊が襲いかかったというが、その賊はいまだ判明せず、賊を見た者とてない。焼けた象小屋の再建も金もかかるところじゃ」

「しかし、こたびの賊は明らかにいずこかの藩士でござりました。放った矢も残っております。おそらくは、伊予松山藩士……」

「まあ、待て」

吉宗は、俊平を手を上げて制し、

「そちがそう判断したいのは、無理からぬことじゃが、証拠がない」

「浪人風情には手に入らぬ高価な矢といい、用意された屋形船といい、一揆の扇動を妨害された腹いせにやったことは明白」

「ふむ」

吉宗は、苦い顔をして俊平を見かえした。

「だがの俊平、これ以上徳川一門である伊予松山藩を追い込むのはまずい」

「さはさりながら……」

「伊予松山藩は、そちの実家であろう。それに、これ以上追い詰めれば、徳川家にも傷がつく」

「されど、悪辣《あくらつ》な企みを、このまま見過ごすことはできませぬぞ。周辺諸藩は濡《ぬ》れ衣《ぎぬ》を着せられ、窮地に陥っております」

「うむ。余が見ておる。伊予小松藩のことは大丈夫じゃ。松山藩はいずれゆるりと懲らしめていくつもりだが……」

「はい」

「あの象については、もはや待てぬ。さきほども有馬氏倫がまいって、象の評判がすこぶる悪い、早々に殺処分をするべしと意見された。天英院《てんえいいん》さまも昨夜は、浜御殿の象小屋は汚い建物であった、もはや再建せずともよろしかろう、とご意見を伝えにまいられた」

「はて、天英院さまが――」

「いかに近衛家が摂関家《せっかんけ》といえど、実高一万石にもいかぬ茂氏の喜連川藩のようなものよ」

「上様」

俊平は、苦笑いして吉宗を見かえした。

「だが、わしは天英院さまに八代将軍に推挙《すいきょ》していただいた恩義があっての。いまだ頭が上がらぬ」

幼将軍の七代家継《いえつぐ》が他界して後、紀州の吉宗と尾張《おわり》の継友《つぐとも》が争った将軍位をめぐって、最後は天英院が明らかにした吉宗を推挙する六代将軍家宣《いえのぶ》の遺言が決め手となった経緯があった。

「たしかに、あの象は幕府の手で処分するのは余もしのびない。我が子家重《いえしげ》も、宗武《むねたけ》も、あの象を見て育っておる。殺処分にしたでは、心が傷つこう。されば、まずは町民に下げ渡し、その後処分といたす」

「払い下げ……、どちらにでございます?」

「うむ。氏倫によれば、あの象を長年世話をしてくれた源助なる者に下げ渡すのが筋と申しておった。処分はその者の元で行う」

「源助は町の荒くれ者。象の糞は薬になると称し、あくどい商いをしておりますぞ」

「たしかに象の糞の薬は評判が悪い。だが、幕閣内にはあれは効くと申す者がおる」

「あれが利くとは」

源助に象の処分をまかせることにしたのも、平野屋と組んだ有馬氏倫が手を廻しているからに相違あるまいと俊平は思った。

おそらく、狙いは象牙にちがいない。

「上様、いま少しご決断、ご猶予《ゆうよ》を願えませぬか。象の処分を源助にまかすということは、なにやら裏があるように思えます」

「裏とはなんじゃ」

「殺処分を強く求める方々の動機が気になります」

「待て、俊平。それは、聞き捨てならぬぞ。誰のことを暗に申しておる」

「いえ……」

俊平は、これは言いすぎたと平伏した。

「その者らが象を処分することによって、どのような利を得ると申す」

「いえ、言い過ぎましてございます」

「よい、申せ」

「致し方ありませぬ。されば」

俊平はひと呼吸置いて、

「たとえば義歯にございます」

そう言って顔を上げた。

「義歯か。異なことを申す」

「近頃は、国内でも南国で砂糖が生産されるようになり、甘い物が増えて虫歯が増えております。上様は、歯はよろしうございますか」

「わしは、今のところ大丈夫だ。大奥では、近頃女たちが甘い物ばかりを好むゆえ、虫歯が増えたと嘆いておったが」

「その虫歯が悪化すれば、腐ってやがて抜けてしまいまする」

「道理じゃ。近頃は、大名にも歯の欠けた者が多い。義歯として、柘植でつくった歯をしておる者もある。だが、お歯黒のようで、あれは妙じゃの」

「まことに」

俊平は、ふと団十郎が柘植の歯を見せて大見得を切る姿を想像した。

「じゃが、その歯が象の処分とどうかかわる」

「義歯として、象牙が珍重されております」

「なるほどの。象牙は白くて硬い。しかし加工はたやすい、と茂氏も申しておった。歯のように削り出せば、格好の義歯となろう」

「御意にございます」

「なるほど、読めたぞ。つまり、象を殺処分とした後、象牙を得ようとする者がおるとそちは申すのじゃな」

吉宗は俊平を見かえし、膝を打った。

「ご明察にございます。象牙の義歯はきわめて高価。およそひとつ十両と聞いております。その義歯が、あの巨大な牙から何本とれるやらわかりませぬが、象から二本の象牙が採れれば……」

「ふうむ。されば、その義歯の元を得ようとしておる者の名を申せ」

「証拠がなきゆえ、その者が、悪行を企んでおると断じることはできませぬ」

「承知しておる。たとえば、誰じゃ」

「こたび江戸に進出してまいりました大坂の両替商平野屋五兵衛」

「まさかそち、その平野屋が、氏倫や天英院さまを動かしておるなどと申すのではあるまいの」

吉宗が、険しい眼差しで俊平を見かえした。

「この柳生俊平、上様のご信頼篤《あつ》き有馬氏倫殿、天英院さまを悪しざまに申す気は、さらさらございませぬ」

俊平は、険しい顔で深く平伏した。

「ただ、道理を追って推察したまで。他意はございませぬ」

「こやつ」

吉宗はしばし考え込んでから、

「それがし、影目付を拝命し、三年、近頃は役儀に忠実たらんと欲すれば、疑わしき者の姿がつぎつぎに想い浮かびまする。いずれにいたしましても、ただいまお庭番の玄蔵が平野屋を調べております。上様の疑念には、玄蔵がお応えすることになりましょう」

「ふうむ」

吉宗は宙を睨んで、小さくうなずいてから、

「ところで、俊平。気になることがある。象小屋の炎上に関してじゃ」

吉宗はひと呼吸置いて、じっと俊平を見つめた。

「さきほどそちは伊予松山藩の話をしたが、ふと、疑わしき話を聞いたことを思い出した」

「疑わしき話、でござりますか」

「うむ。ここだけの話じゃがの」

吉宗はちらと小姓を見やって目くばせし、前かがみになって身を乗り出した。

「藩主の松平定喬から直々に聞いた」

「はて、これは驚きましてございます。上様はすでに定喬どのをお呼び出しにござりましたか」

「玄蔵から話を聞き、いちおうたしかめようと思うた」

「して、定喬殿はなんと」

「定喬の話では、松山藩内に妙な動きがあり、その動きを扇動しているのは、叔父にて先々代藩主の三男松平定弐と申す者という」

「途方もないこと。定弐殿は、上様にもお話し申しあげましたわが妻阿久里の嫁ぎ先。人柄はよく存じておりますが、そのような謀略を巡らし、悪しき企みを扇動するような者ではございません」

「そうか」

吉宗は、深く息を継ぎ、

「だがの……」

うかがうように俊平を見た。

「そちが別れた妻の嫁ぎ先を護《まも》らんとする気持ちはわかる。だが、証拠はいくつも上がっており、藩の目付もその者の背景を探っていると申しておった。内偵したところでは、あの象小屋が炎上したその夜、その者は外出し夜更けて上屋敷に戻ってきたという。また、定弐の若党どもが同じ刻限に行方知れずであったという」

「それを、藩主の定喬殿が、直々に上様に言上《ごんじょう》したのでございますか」

「そうじゃ」

「なんとも、情けないことにございます」

藩主が、叔父の嫌疑を詳細にあげつらい、罪をなすりつけるなど、考えられぬことである。俊平の胸中に定喬への怒りがむらむらと込みあげてきたが、それは表に出さず、

「されば、上様は定弐殿をご処分なさるおつもりでございますか」

「はて、それは確かめてからじゃ。浜御殿に押し入り、そなたや茂氏、さらには象にまで矢を向け、象小屋に火を放った首謀者とあれば、たとえ松平の者といえども見逃すことはできまい」

「されば、定喬殿の言葉をお信じになられるのでございますか」

「なに、まだ信じたわけではない。じゃが、証拠が揃えばいたしかたない」

吉宗は、ふたたび重く吐息をついて、俊平を見かえした。

「政とは辛いものじゃ。そなたのかつての正室の夫といえど、評定《ひょうじょう》により有罪と決まれば、手心《てごころ》を加えるわけにはいかぬのじゃ」

「されば上様。象のこと、また定弐殿のこと。それがしに免じて、十日ほどご猶予を願えませぬか」

「十日か。その間にあの安南の象と松平定弐の潔白を証してみせると申すか」

「身命を賭《と》して」

「なかなか気合が籠もっておる。俊平、そちも氏倫や天英院さまへの嫌疑まで口にしたからには、抜き払った剣を鞘《さや》に納めることは容易ではないぞ」

「その覚悟はできております」

「まさか、腹を切るなどと申すなよ」

勝気な吉宗がどこか挑発するように言った。

「腹は切りませぬが、影目付のお役、また剣術指南役、ご辞退させていただきます」

「ふむ、余は陰ながらそちを応援する。心してかかれ」

吉宗は、それだけ言い残すと、すっくと立ち上がり、そのまま俊平に目を向けることなく、小姓を連ねて将軍御座所の間《ま》を立ち去っていった。

二

「まことに、悲しうございます」

そう言ったきり、与作はうつむき押し黙った。

門衛によれば、与作が硬い表情でぽつんと一人門前に佇んでいたという。

話を聞き、屋敷に招き入れ、慎吾に茶の用意をさせると、

「こりゃ、腹の底まで暖まりやす」

与作は旨そうに茶を飲み干し、初めて相好をくずして俊平と慎吾に礼を言った。

「で、象はどうなのだ」

俊平がうかがうように訊ねてみると、与作はふたたびうなだれて、

「小屋が無くなってから、木の下に繋がれてます。夜など、だいぶ冷え込むようになったんで、寒そうで見ていられねえ」

「象も住む家がなくては辛かろうな」

「あっしが浜御殿のお役人に薪をもらって焚《た》いてやっておりますが、外は寒く、あれじゃあほんの気休めで。それに、もう象の殺処分が伝わっているのか、お役人方もあまり親身になってくれません」

「そうか、もはや話はそこまですすんでおるのか」

俊平は、与作の話を聞いて暗澹《あんたん》たる気持ちになった。

吉宗は猶予すると約束したが、その準備は着々とすすんでいるらしい。

「暴れることは、なくなったのだな」

「それどころか、己の死を予見しているのでしょうか、ずっとうなだれっぱなしで、

好物の芋にも手を、いや、鼻を出さねえしまつで」

「それは、なんとも悲しいことだ」

「柳生の御前さま――」

与作は、思い余ったように、茶碗を置いて、いきなり俊平の前に平伏した。

「なんだ、与作」

「あの大象を、助けてやってくだせえ、お願げえします」

「だが、それはむずかしかろう」

俊平は吉宗に約束した十日の猶予は、与作に告げずにそう言った。

十日と期限を切ったが、今のところとんとよい策は浮かんでこない。

「でも、あっしを助けるために、あいつは暴れたんで」

「わかっている。だが、象は口をきけぬ。それを証す手立てがない」

「なら、射かけてきたあの矢のことは、お上はお調べになったんで」

「矢だけではな。奴らの正体はまだ不明だ。賊が松山藩の者であったことがはっきりすれば、上様もきっとお心を変えようが」

「ありゃア、松山藩の連中にちげえねえ。おれのようなつまらない百姓の命をずっと付け狙って、矢を射かけてくるなんぞ、一揆の怨みがなけりゃ、考えられねえことだ」

「そこだ、与作。わざわざ小松藩領内に潜入、仲間に一揆を誘いかけた者は、いったい、どんな奴らだったのだ」

「侍じゃねえ。どいつも百姓だった。三人いて、庄屋の家に泊り込んで、熱心に一揆の話を持ちかけてきたんだが、そうだな、今思えば妙な奴らだった。食うや食わずで、飢餓に耐えてきたにしちゃ、それほどやせ細ってもいなかった」

「その奴ら、松山藩の密偵かもしれぬな」

「なるほど、そうかもしれねえ」

与作はそこまで言って、茶碗を置いた。もう茶がない。

慎吾が気をきかせて茶碗を盆に乗せて膳所に向かった。

「さて、その者らを誰が招き入れていたかだ。おそらく、他藩に罪を被せたい家老奥平藤左衛門の一派であろうな。だが、あの狸め、容易に尻尾《しっぽ》を出さぬ」

「もう、手遅れでございましょうよ」

与作は、うなだれたまま頭を上げない。

「なに、まだ諦めてはならぬ。奥平一派は、松平定式という気弱で心の弱い私の縁者を、悪党に仕立てあげようとしている。そこに、わずかな隙が生まれそうだ」

「へぇ、そんなもんで」

与作が、わけがわからないといった顔で俊平を見かえし、腹が減っていたのか茶受けに持ってきた芋の餅を口に運んだ。

「茶が欲しかろう。慎吾はまだ戻って来ぬな」

俊平がそう言って与作をなぐさめようとした時、廊下に人の気配があって、

「阿久里さまが来られました」

惣右衛門が、いきなり来客を告げた。

俊平は胸騒ぎを感じ取り、急ぎ阿久里を部屋に招き入れた。

阿久里は、先日〈あけぼの〉で会った折の落ち着きはなく、眉間に憂いの陰を深く宿し、継ぐ息も荒い。

「ここまで来てはならぬものと存じておりますが、なんとしても主人をお助けいただきたく、お願いにまいりました」

阿久里はかなり取り乱しているようで、そう言って三つ指をつき平伏すると、面《おもて》を上げ、俊平をすがりつくように見つめた。

「定式殿のことは聞いている。濡れ衣を着せられておるようだな」

「はい。なんとか夫をお助けいただきたく、お願いにまいりました」

阿久里は、それだけ言ってまた面を伏せた。

「定式殿はなんとしても助けたい。お話をうかがいました。あの店の酒に眠り薬が入っており、帰り道、お二人は刺客に襲われたそうにござりますね」

「その、惣右衛門さまから、お話をうかがいました。だが……」

「惣右衛門、なにゆえ、そのようなことまで」

俊平は、厳しい眼差しで年来の用人を叱った。

「しかしながら、このこと、阿久里さまにも前もってご承知していただかねば、話がいきちがいまする。もし定式殿が命じたものならば、殿に助命を求められるのはちと筋ちがい」

「そのこと、わたくしは夫を信じております。たしかに店に向かうわれらの後を、妙な男たちが追って来ておりましたが、夫はそれに気づかず店に入りました。四人でお話をし、お酒と料理をいただいた後は、お二人はお帰りになられ、夫とわたくしは町駕籠を呼び、藩邸にもどりました。私はあの夜、悪酔いしたか気分が優れず、屋敷に帰るとすぐ床《とこ》に入り、泥のように眠ってしまいました。夫も同様かと存じまする」

「そうか、そなたらも悪酔いしたか。さればよい。もはやこれ以上、定式殿を疑うことはやめにしよう。それより、私を訪ねてくるとはよほどのこと。ご処分が決まったのか」

　俊平は顔を伏せたままの阿久里をうかがうように見て言った。

「いまだ。しかし、藩の重臣は暗に定式に自害して果てるよう促しております」

「藩では、こたびの象小屋の襲撃を定式殿の命じたことにしたいようだ。百助め、汚いことをする」

「百助——？」

「定喬の幼名だ」

「すでに、偽の連判状《れんぱんじょう》まで見つかっており、藩士十余名が藩の名誉を回復させるための盟約を結んでいるなど、家老奥平様に断じられております」

「とんでもないことだ。奥平藤左衛門め、蜥蜴《とかげ》の尻尾切りに懸命だな」

「蜥蜴の……」

「周辺諸藩に一揆を扇動し、藩の汚名を晴らさせようという企みが思うようにいっておらぬのであろう」

　俊平は壁際に控えた惣右衛門に声をかけた。

「一揆の動きをいちはやく報せに来た与作の命を狙い、口封じに出たも同様の姑息《こそく》な逃げの一手。藩主定喬殿もこの企てに乗っているようでございますな」

惣右衛門が、阿久里の様子が気になるのか、阿久里から目を離さずに言った。

「夫はもはや孤立無援。藩内に助ける者とてございません。おすがりできるは、あなたさましかございません」

阿久里はそう言って懐紙《かいし》を取り出し、いく筋も頬を伝う涙を拭った。

「定弐殿も、隙があったのであろう。一味の末席にあったのはたしかのはず」

阿久里は、小さくうなずいた。

「そのとおりでございます。そのように身を処さねば、藩内に居場所もない、とこぼしておりました。しかし、定弐は、けっして浜御殿に押し入ってはおりません」

「そうであろう。あそこにおったのはもっと若い侍であった」

俊平はいくどもうなずいて、阿久里を慰めた。

「だがの、阿久里。定弐殿の身の潔白を証すには、別の動きが生じねば、手の打ちようがないのだ」

「別の動き……？」

「つまり、悪党どもが新たな動きを見せねばの。その動きに定弐殿が加わっておらねば、身の潔白が証される」

阿久里の双眸に、わずかに明るい光が差した。

「定式殿は、今どこにおられる」

「上屋敷の座敷牢に捕らわれております」

「それはかえって好都合。座敷牢を動かずにおったことの証しを立ててくれる者が藩邸におろうか」

「みな、奥平藤左衛門さまの意のまま、まずは難しいと存じます」

「そうか。なに、手はある。玄蔵に屋敷を探らせよう」

「玄蔵さま……？」

「上様のお庭番だ。さて、別の動きだ。なにがあるのかの。小石川の薬園にまた姿を現せばよいが」

「こたびの象小屋襲撃は、藩のはねかえり者がやったことだと定式は申しており、どうせ、平野屋とつるんでおるのであろうとも申しております」

「そなたに、その若侍の一党に心あたりはあろうか」

「奥平藤左衛門の嫡男にて、弁ノ助《べんのすけ》という者がおります。軽薄者にて、定式にもたびたび悪行を誘いかけております」

阿久里は、そう言って眉を曇らせた。

「ふむ。奥平弁ノ助か」

「ご藩主と同じ、十七、八の若者で、夫が座敷牢に入れられる前、夫にも誘いかけ、藩の若党を集めて旅支度をしておりました」

「はて、どこに向かうのであろう」

「上総《かずさ》に向かうと申しておったそうにございます」

「上総。妙なところに向かうの」

俊平は、惣右衛門と顔を見合わせ、首をひねった。

「玄蔵が松山藩上屋敷に忍び込む。阿久里、屋敷の見取り図が必要なので、よろしく頼む」

玄蔵に手渡す上屋敷の見取り図を阿久里に描かせるため、慎吾が筆と硯を用意しに立つと、庭に面した明かり障子が開き、伊茶姫が姿を現した。

その伊茶姫が廊下で棒立ちとなった。

「あ、これは……」

一瞬困惑して、伊茶姫が障子を閉める。

見てはいけないものを見てしまったような気がしたらしい。

阿久里とはすでに面識もあり、お局屋敷では親しく語り合ったこともあるが、柳生藩邸に姿を現した阿久里は、伊茶にとってやはり衝撃であったらしい。

阿久里は阿久里で、伊茶が藩邸内を俊平の継室のように我が屋敷のごとくのびのびと動きまわる姿を見るのは悲しい。

「お邪魔しております」

阿久里と伊茶はたがいの気持ちを抑えて丁寧に挨拶をした。

「伊茶どの、どうなされた」

俊平が困ったように二人の姿を見くらべて訊ねた。

「じつは、小石川薬園におりましたところ、報せが入り、上総国山辺郡《やまのべぐん》不動尊村《ふどうそんむら》にあるいまひとつの幕府の薬園の芋畑が、同じ者の手で荒らされているとのことでございました」

上総国の薬園は、九十九里海岸のすぐ脇にある、幕府の運用する薬園で、広大な敷地を擁《よう》し、多様な薬草を栽培している。青木昆陽は小石川とは別に、この上総不動尊村の薬園でも甘藷の栽培をすすめていた。

その菜園が、何者かに荒らされたという。

「同心の小林さまが、急ぎ大岡さまにお報せするともどっていかれましたが、上総国は奉行所の管轄外、おそらく火付盗賊改《ひつけとうぞくあらため》の進喜太郎《しんきたろう》殿が駆けつけることになるであろうと申されておりました」

「ふむ。されば、我らも急がねばなるまい」

「本日は、喜連川様も薬園を見物に来られておりましたが、ご自身も郎党《ろうとう》をひき連れ、現地に向かうとのことでした」

「なに、茂氏殿が！」

「頼もしうございます。公方さまは、飢饉対策として芋に懸けておられるごようす。芋畑を荒らす賊は許せぬ、と申されておられました」

「俊平さま」

話を聞いていた阿久里が、横から声をかけた。

「おそらく弁ノ助らは、その上総の薬園にまわったのでございましょう。その者らを、なんとしても捕らえてくださりませ。定式が救われます」

「むろんのこと。伊茶どの、現地の菜園で賊を見た者はおろうか」

「はて、報告にはありませんでしたが、芋畑を襲ったのであれば、おそらく小石川の菜園を襲った者らと同じかと」

「そうであろう。これは、定式殿を救う好機だ。慎吾はおるか」

俊平が部屋を見まわした。

「これに」

阿久里に筆と墨を用意し壁際に控えていた慎吾が、応じた。

「玄蔵がまいったら、上総国不動尊村の幕府菜園に駆けつけるよう伝えてくれ。それから惣右衛門」

「はい」

「道場にゆき、腕の立つ者を三名ほど、選りすぐってまいれ。火付盗賊改だけにまかせておくわけにはいかぬ。これは影目付のお役目である」

「かしこまってございます。これは、もはや戦でございますな」

惣右衛門が、気負い立った。

「そう、興奮いたすな。斬らずに捕らえるのだ。必ず松山藩の者は捕り押さえ、こたびの首謀者に罪を白状させねばならぬ。阿久里どのの夫定式殿の命がかかっておるのだ」

「どうぞ、よろしくお願い申し上げます」

阿久里がすがりつくように言って、ふたたび三つ指をつき、俊平に深々と頭を下げた。

阿久里が藩邸に訪問したわけがようやくわかって、安堵した伊茶姫がやさしい眸《め》になって阿久里を見つめた。

「されば、私もまいりましょう」

「伊茶どのはよい。松山藩は隣藩。今後のつきあいもあろう。そなたが姿を見せれば、両藩の間に禍根《かこん》を残す」

「しかし……」

「なに、これは柳生藩の仕事、上様に仰せつかった特命のお役目だ。慎吾」

「はい」

「上総国九十九里までは、早馬で夜を徹して駆けに駆け、どれくらいで着けような」

「はて、明日の昼までには着けましょう」

「されば、馬五頭、急ぎ用意せよ」

「殿――！」

道場にもどっていた惣右衛門が、三人の稽古着の門弟をひき連れ、駆けもどってきた。

飯島作右衛門《いいじまさくえもん》　磯部又四郎《いそべまたしろう》　茅野平八郎《かやのへいはちろう》の三人である。

いずれも俊平がよく稽古をつけている道場きっての強豪である。

「そなたら、この私に命を預けてくれるか」

「むろんのこと。お役に立てば、日頃の稽古の甲斐《かい》がございます」

切紙《きりがみ》の腕前の飯島作右衛門が言う。

「腕が鳴るのう」

「相手はどれほどの腕であろう」

磯部又四郎　茅野平八郎が口々に言う。

「これ、斬り合いではないのだ。賊を捕縛《ほばく》すればよい」

俊平がはやる三人を制した。

「加えていただけぬのが、残念でなりませぬ。せめて、みなさまのため、腹ごしらえとなるものをご用意いたします」

伊茶が悔しそうにそう言って立ち上がり、膳所に向かっていった。

それを笑いながら見送って、

「伊茶殿の腹ごしらえと申されるのは、やはりあれだな」

片目をつむった俊平が、惣右衛門と顔を見あわせた。

三

どんよりと澱《よど》んだ黒雲の下、冬を思わせる晩秋の大気ににじんで、海岸線が遥か彼方まで弧を描いて延びている。

吹きっさらしの潮風が、突風となって海岸の砂を巻きあげていた。

「これでは、目を開けておられませぬ」

俊平の後方で、門弟の一人磯部又四郎が言った。

九十九里、古名は玉《たま》の浦《うら》と言ったそうだが、鎌倉の頃、源《みなもとの》頼朝《よりとも》が、一里ごとに矢を立てさせたところ、九十九本に達したことからこの名がついたという。

白砂青松が、前方はるか彼方まで見えるかぎりつづいている。

海岸伝いに馬を走らせ、予定より一刻あまり余計にかかって翌日の夕刻近く、柳生家主従五名が九十九里浜沿いの小高い丘に立った。

いずれも陣笠《じんがさ》を目深《まぶか》にかぶり、旅袴の腰間に二刀を沈めている。

「はて、どの辺りでございましょうな」

俊平に並びかけた惣右衛門がそう言って陣笠の端をつまみあげ、海岸沿いの松林に目を移した。

人の姿もない荒涼とした風景の中、海岸の左手に松林が広がっており、そのさらに西には寒村が点在している。

「おっ」

目を細めて俊平がその方向を見やれば、人家のはずれ、海岸に近い畑地でふと人の気配が動いたような気がした。

「あの辺りに、たしかに人の蠢く姿が見えております」

門弟の一人、茅野平八郎が叫んだ。

「おお、たしかに」

なるほど、海岸沿い、松林の左手の茂みの向こうで人が動いているのが見える。

「茅野、そちは目がよかったの」

俊平が、すぐ後ろのいちばん歳の若い門弟に声をかけた。

「はい」

茅野平八郎が馬をすすめ、丘の頂きに立って、前方に目を凝らす。

「あそこはたしかに、畑地でございますな。脇に小屋も立っております。なにやら鍬を担いだ者らがおりますぞ。おっ、畑の土を掻いております」

た。

「ううむ、許せぬ」

俊平らが、腹を蹴って駒をすすめようとした時、後方で別の馬のいななきが聞こえ
四騎が砂塵《さじん》をあげ、こちらに向かってくる。

馬上に大きな人影が見える。

「柳生殿——ッ」

俊平の名を呼ぶ声がある。

馬上、喜連川茂氏の姿がある。その巨体を乗せる馬があえいでいる。

肩に自慢の大弓をかけている。

後方から三騎、主を追ってくる。

「ここだ——！」

俊平が手を振った。

「おお、俊平殿——！」

喜連川藩の主従四騎が俊平らに追いすがり、合流する。

「よくここが、おわかりになったな」

俊平が、茂氏に声をかけた。

風が強く、大声を出さねばよく聞こえない。

「なに、我らも今着いたところでな。海岸沿いに馬を走らせるうち、一行の姿が目に止まった。それより薬園のようすはいかがでござる」

「ほれ、あの辺り。なにやら悪さをする一党が蠢いておろう」

「ううむ。されば、弓を射かけてくれようか」

茂氏が肩にかけた大弓を外し、矢をつがおうとした。

それを俊平が抑えて、

「まあ、お待ちあれ、茂氏どの。いくらそなたが強弓を引くといえど、風が強い。それにちと遠すぎる。それより、あやつらを逃さず、一網打尽《いちもうだじん》にしたい。茂氏殿は連中の向こう側に回り、矢を射て追い立ててくださらぬか」

「挟み打ちじゃな。わかり申した」

茂氏は納得してうなずき、背後の郎党三人に向かって手を上げると、主従四騎は砂塵をあげて丘を下っていった。

それを見とどけて、俊平はまた四人に向き直り、

「されば、我らもゆくぞ」

惣右衛門以下、四人がうなずく。

丘を下りてしばらく進み、一隊は芋畑からほんの一丁ばかりのところで馬を止め、

「気づかれてはまずい。ここからは、馬を下りてすすむとしよう」

俊平の指示に従い、惣右衛門を含め門弟三人が下馬し、松の枝に思い思いに馬をくくり付けると、刀の柄袋を外し、戦闘の用意をした。

「ほう、やはりあ奴らではないか」

作業に当たっていたのは十名ほど。いずれも、浜御殿で見た荒くれ者たちと、新たに加わった者数名である。

脇で指示をしているのは六人のまだ歳若い侍であった。陣笠を着け、風除けに面体を手拭いで覆っている。

俊平らは、さらに近づいていくと、

「おい」

男たちにいきなり声をかけた。

黙々と畑を掻いていた男たちが、一斉に頭を上げた。

「うぬらは松山藩の者か」

いきなり声をかけられ、それを見守っていた紋服《もんぷく》の武士は度肝《どぎも》を抜かれて後退《あとじさ》った。

「ここが、幕府の菜園であることは、うぬら承知しておろうな」

男たちは、とっさに返事もできないでいる。

「いかに、御一門久松松平家のご家臣といえど、幕府の薬園を掘り返し、ただで済むと思うておるか」

「う、うぬは」

ようやく気を取りもどした中央の若者が、居丈高な調子で誰何した。

「我らは幕府の者にて、この畑を守る者。うぬらこそ、名を名乗れ」

惣右衛門が俊平に代わって言った。

「それがしは、松山藩奥平弁ノ助」

「ほう、おまえが家老奥平藤左衛門の嫡男か」

「なぜ、私の名を」

「おまえの父は悪名高い」

「なに」

弁ノ助が刀に手をかけた。

「我らは、藩の飢饉対策として芋の栽培の検分にまいった。幕府の小役人にとやかく言われるおぼえはない」

「申したな。我らは、上様直々の命《めい》を受け、芋畑を荒らす者を捕らえにまいった。訪ねてみればこのありさま。親藩伊予松山藩が、夜盗同然に役人の目を盗んで、畑を掘り返すとはあきれた所業だ」

「上様の直々の命《めい》だと。ほざくな。木端《こっぱ》役人め、うぬらの職名は」

「上様の影目付、柳生俊平」

「なに！」

陣笠の男たちが、ぎょっとしてたがいに顔を見あわせた。

「どうした。どうやら私の名は知っておるようだな。私が久松松平家の縁者であることも聞いておるか」

「うっ」

弁ノ助が、思わず後退った。

「笑止。なにが縁者か、おまえは桑名の分家のしかも十一男という。それも養嗣子として他家に入り、いまや松山藩とは縁もゆかりもない。いや、よしんば当家にゆかりの者にせよ、いやなおのこと我が藩を罪人呼ばわり、なんたる不忠か」

「こそこそと芋畑を荒らす悪家老の倅《せがれ》が、なにを言う」

彼方で焚き火にあたっていた浪人者が七人、こちらに気づいて駆けてくるのが見えた。

「おっ、あ奴」

先頭の男が、俊平の姿をみとめて小さな声をあげた。

三十間堀沿いの並木通りで俊平に襲いかかり、歯が立たずに逃げ帰ったすばしこい動きを見せた浪人者である。

「こ奴が柳生俊平か」

駆けつけた俊平を知る者に、脇の男が訊いた。

「どうやら、同門の一刀流の遣い手を連れてきたらしいな」

「江戸柳生の総帥柳生俊平にここで会えたはなんたる僥倖《ぎょうこう》。血祭にあげて、一刀流の名を一気に高めてくれよう」

「されば」

俊平の後ろにあった四人の柳生藩士が、間合いをつめる。

「まだ懲りぬか。うぬらの腕で一刀流を名乗るは、流儀の面汚し。流祖小野忠明《おのただあき》殿に代わって懲らしめてくれよう」

俊平が、刀の鯉口をゆっくりと切った。

奥平一党は、それを見て慌てて踵《きびす》をかえす。

「情けない奴らめ。象のため、松平定弐殿のため、弁ノ助、そちは逃さぬ」

俊平が、つっと前に出た。

「ええい、斬れ」

奥平弁ノ助がそう叫んだ時、俊平を囲んだ浪人者の背後から、何かが乾いた風音を立てて飛来した。

彼方、公方様喜連川茂氏の放った大弓が、五間ほど手前の芋畑の端に突き刺さっている。

茂氏は、そのまま長大な刀を抜き放ち、なにやら獣のような声を張りあげてこちらに向けて駆けてくる。

奥平弁ノ助らが、悲鳴をあげて芋畑を踏みしめ西に逃げた。

「そうは、させぬ!」

茂氏の郎党が、先回りしてその前方を塞いだ。

俊平主従を、七人の浪人者と、懐から匕首《あいくち》を抜き払った、さっきまで鍬を担いでいた荒くれどもが囲む。

「又四郎、平八郎、それに作右衛門。こ奴らは、その方らよりちと腕が上だ。ここは、修行のうちと思い、黙って見ておれ」

俊平が、浪人者を見据えると後ろに四人を退けて言った。

「されば、われらはあ奴らを」

惣右衛門が言う。

「うむ、さればおぬしらには、松山藩の若い跳ねかえり者をまかす」

「心得ましてござる」

惣右衛門が小柄を抜き放ち、松山藩士に追いすがった。

柄に手をかけた若侍に、びしびしと惣右衛門の小柄が飛ぶ。

うっと右腕を抑え、若侍がうめいた。

骨が泣いている。

陣笠の若侍数人は、抜く間もなく刀をたたき落とされ、骨を砕かれて崩れ込んだ。

惣右衛門が、残った五人を睨み据える。

それを見定め、俊平が動いた。

「ひっ」

浪人の一人が、腕では敵《かな》わぬことを本能的に感じとり、悲鳴をあげた。

俊平は、かまわず前に出る。

俊平は浪人者の間をかいくぐっているだけだが、浪人らはみな及び腰のため、俊平の刃に触れることもできない。

浪人者の刀が空を斬り、俊平はわずかに遅れてそれをかわし、俊平の刃が斜めに流れて、男たちの腕をかすめていく。

男たちが、次々にうっと呻いて刀を捨てた。

寸止めに近い剣さばきで、俊平の刀が浪人どもの右腕を裂き、また翻る。

いずれも、右腕を一寸ほど割《さ》かれている。

「運がよければ、また剣を振るえよう。だが、もし筋を断たれておれば、あいにくだが、うぬらは刀を持てぬ」

斬られて崩れ込んだ者は四人。残った三人を俊平がぐるりと睥睨した。

三人は、小さく溜息をつき、残気を吐き捨てて、逃げ去っていった。

腕を浅く斬られた四人が、その後を追う。

「さて、うぬらだ」

俊平は、畑を荒らしていたやくざ者を睨み据えた。

「侍相手に、その匕首では、はなから勝負にならぬな。逃げるなら今のうちだ」

町の荒くれ者七人は、一瞬判断に迷って草鞋《わらじ》をにじらせたが、我に返ると、

「お、おぼえていやがれ！」

捨てぜりふを残して、一目散に逃げ去っていった。

惣右衛門と三人の門弟は、五人の松山藩士を茂氏の郎党とともに引きうけている。

左手、一町ほど先の畑の端では、喜連川茂氏が奥平弁ノ助をひっつかまえ、頭上に高々と担ぎ上げているところであった。

と、彼方から駒音が響き、馬上紋服に陣笠の侍が十余騎、与力同心を従え、こちらに向かってくるのが見えた。

火付盗賊改方進喜太郎であった。

「あ奴ら、ちょうどよい頃合いに現れてくれたの」

俊平が、松山藩士を睨みすえた。

「うぬらは、進殿に引き渡す。火盗改は大名家の藩士であろうと、坊主であろうと、容赦なく締め上げ、その後藩主に送り返す。逃げおおせると思うな。憶えている悪行は、すべて白状することだ」

俊平がもういちど睨んで言うと、茂氏が頭上で手玉にとって転がす奥平弁ノ助がまた悲鳴をあげた。

「よいか、不忠者柳生俊平。うぬを、呪《のろ》い殺してやるぞ」

「面白い。だが、呪われるのはむしろうぬらだ。飢饉で死んだ三千五百の御霊《みたま》が、うぬの頭上に彷徨《さまよ》うておる」

俊平はにやりと笑って、ぐるりと弁ノ助に背を向け、駆けつける火付盗賊改の一隊に向かって、大きく手を振り、

「おおい、ここだ」

風を裂くよく通る声で叫んだ。

四

「それで、柳生さま。いったいその後、象はどうなったのでございます?」

元お局吉野が、新工夫を加えた芋の餅を頰張りながら、面白そうに俊平に訊ねた。

「私は知らないよ。与作に訊いておくれ」

俊平は、話を与作に向けた。

与作は華やかな元お局方に囲まれて首をすくめ小さくなっている。

「いやァ、私も詳しくは知らねえんですが、とにかく殺処分は取りやめとなりましたようで、たぶん象がおれを助けたために暴れたってことが、上様におわかりいただけたんだろうと思います」

「それはようございました」

女たちが顔を見あわせ喜んだ。

「それと、姫さまの芋のお蔭もある。なにせあの象は南国生まれだから、甘藷は大好きだ。芋さえ食わしておけば、もう他はなにも食わなくていいくらいだ。以前はずんぶんと食い物には金がかかったから」

「へえ、象がこれを。考えてもみなかった」

吉野が、串に刺し団子状《だんごじょう》にした芋の餅を鼻先で面白そうにひらひらさせた。

九十九里浜の菜園での人知れぬ暗闘があって十日ほど経ったその日、お局館は久しぶりの賓客《ひんきゃく》で賑わっていた。

いつもの一万石大名柳生俊平、立花貫長、一柳頼邦に加えて、その妹の伊茶と与作なども続々と訪れている。さらに、

——柳生殿にぜひ謝らなければ、
と松平定弍、阿久里が夫妻揃って訪れてきて、こちらは恐縮しているのか壁際で小さくなっている。

定弍は、俊平がほんとうに許してくれるのか気がかりなのであろう。

賓客中でも、お局方が、

——天にも昇る気持ち。

と目を潤ませているのは大御所こと二代目市川団十郎で、吉野のために久しぶりに伊茶姫がびわの葉治療をしてあげるというのを聞きつけて、ひょっこりと訪れたものであった。

――前歯がゆるゆるで、思いきり声が出せねえ。

といらいらを溜めていた大御所だったが、涙ぐましいまでの塩をごしごし擦りつづける療法が効いたらしく、歯茎《はぐき》がぐっと引き締まり、ぐらぐらとすることがなくなってきたという。

「いやァ、よくねえことだが、正直なところ、象が殺処分になって象牙の入れ歯が手に入るのを待ち望んでいたよ。いやァ、すまねえ、すまねえ」

大御所は、姫に紹介された象の飼育係与作の前で両手を合わせた。

常磐と志摩が、みなのために茶を淹れてくる。

「芋の団子と茶はよく合いますよ」

雪乃が、新発見でもしたように言った。

「ああ、これで寿命が三年は延びたよ」

びわの葉治療を終えた大御所がちょっと大仰《おおぎょう》に言って起き上がったとき、玄関ががらりと開いた。

惣右衛門が、象耳公方こと喜連川茂氏と留守居役岩河清五郎を連れてきたのであった。

常磐が迎えに出て、部屋まで二人を案内すると、大御所は初めて公方様を見て、

——ああ、
と叫んだきり言葉を失った。

見たこともない大男に呆気にとられている。しかも耳がやたらに大きく、顔が丸い。

「なんだか、七福神の布袋様《ほていさま》のようなお人だ。今日はなんとも縁起がいい」

大御所は、目を擦って唸った。

「いや、みな象のようだと言っておる」

あれだけ茂氏の仲間入りに抵抗していた貫長が、みなに率先して紹介した。

「いや、いや。みなさん。お待たせしました。じつは、伊茶殿の芋をなんとか商売にならぬものかと、藩内で工夫をしておったところです」

茂氏が、悪びれずに言った。

「まあ。それでなにをお作りになったので」

吉野が、面白そうに茂氏の抱えてきた包みを覗き込んだ。

「これは、芋を練ったものに、栗《くり》を混ぜて作った菓子じゃよ。芋と栗はよく似ている

が、やはり味はちとちがう。歯ごたえは、もっとちがう。そこが面白うてな。藩内では、すこぶる評判がいい」

茂氏は笹の葉に包んだ新工夫の芋菓子を、みなの前に広げてみせた。

俊平が、ぱくりとやれば、芋の間から黄色の栗が見えてくる。

「うむ、なんと旨《うま》い」

俊平がうなった。

「そうでござろう。俊平殿」

茂氏が得意気に言った。

「されば、ひとついただこうか」

大御所も手を伸ばす。

「おお、これは旨い」

大御所は素直に唸った。

「歯ごたえと食感のちがいが、なんとも面白うござる」

甘いものには目のない一柳頼邦が言う。

「よろしうござったな。茂氏殿。飢饉対策の見通しも立ち、象の命もどうやら助かった。さらに、藩の金蔵を潤す喜連川の第二の名産もできたようだ」

「あのう」

伊茶姫が遠慮がちに話に割って入った。

「公方さま、下野《しもつけ》で甘藷が栽培できるかどうか、まだ確認してはおりません」

伊茶姫がやんわりと釘を刺した。

「なんの。上総国、九十九里浜で栽培できたもの、工夫すれば喜連川でも育つにちがいあるまい」

茂氏はあっけらかんと言う。

「こちらは布袋様のようなお顔のお方だ。神通力《じんつうりき》でそれくらいのこと、なんとでもするさ」

大御所が妙な太鼓判《たいこばん》を捺《お》した。

「これも、柳生殿の一万石同盟に加えていただいたおかげ。どれほど感謝しても足りぬくらいじゃ」

茂氏がそう言えば、供についてきた留守居役岩河清五郎が大きくうなずいた。

「ところで、柳生殿。伊予松山藩の若い藩士どもはどうなったであろうの。わたしはちと暴れすぎて、彼《か》の者らの中には半身不随にしてしもうた者もあるが」

公方様が、あらたまった口調で俊平に問いかけた。

「きっと火盗改にこっぴどく絞られ、藩の罪状をあらいざらい白状したはずです」

「それはよかった。だが、あの若侍らは、大丈夫であろうかの」

「公方様は、おやさしい。大丈夫。みな、元気いっぱいのはずです」

俊平は壁際の阿久里に目を向けた。

阿久里がうなずいている。

「公方様は、あの者らの命を奪ったわけではない。あの者らの反省のため、あれくらい気になさることはない」

「そうでは、あろうが……」

「伊予松山藩については、本日、登城し上様に直々にお話をうかがってきた。たしかに松山藩は、これまでのこともあり、いずれ厳しい処分を受けざるをえまい。家老は謹慎、藩主松平定喬殿は、すでに直接上様よりお小言を頂戴したようだ」

俊平がはっきりした声で事件の顚末《てんまつ》を説明しはじめた。

「それで、あの悪徳商人には、なんのお咎めもなかったのか」

芋より酒の口の立花貫長が、盃の手を休め俊平に訊いた。

「いや。江戸十里所払《ところばら》い。大坂の堂島《どうじま》での米取引も免許が取り消された。大岡殿より追ってさらに厳しい沙汰《さた》があるはずだ」

「ということは、やはり火盗改に手渡されたあの松山藩の跳ね返りどもが、すべてを白状したということか」

公方殿が言ってふふっと含み笑った。

「火盗改の厳しい詮議《せんぎ》に耐えうる者はない。家老奥平藤左衛門一味の悪行はすべて白状したはずだ」

「それで、家老が謹慎とは、いささか甘くはありませぬか」

一柳頼邦は、伊予小松藩がさんざん迷惑を受けただけに不満そうである。

「まあ、上様としては藩主の替わったばかりの松平家を、強くたたくわけにもいかぬのであろう。いましばらくの辛抱《しんぼう》。じわじわと締めつけてくださるだろう」

俊平が吉宗を擁護して言った。

「それで、あの大象はこれからどうなるんで。焼けた象小屋はまた建ててもらえるんでしょうか」

与作が、心配げに俊平に訊ねた。

「さてな。上様のお話では、五代将軍綱吉《つなよし》公の頃に犬が大切にされ、市中にあふれる捨て犬を集めて匿っていた場所が中野《なかの》にあるという。いつまでも、浜御殿に留めておくことはできぬゆえ、その中野の犬小屋に象を連れていくのはどうであろう、と申されていた」

「まあ、象が犬小屋でございますか」

伊茶姫が、目を丸くして問いかえした。

「屋根はいま少し高くせねばなるまいが、それは案外、妙案かもしれぬな」

立花貫長が言う。

「与作、そなた、もしそうなれば中野に付いていくか」

「へい。どこでもあの象に付いていきます」

「だが、国に残しておる者はないのか」

茂氏も心配して訊いた。

「女房には先立たれ、娘はもう嫁ぎましてございます。この歳で、いつまで象の面倒をみられるかはわかりませんが、後進を育てながら、しばらくつづけていきとうございます」

「そうか、そうか。それならあの象もきっと喜ぶであろうよ」

公方が満足して与作の肩をたたくと、

「ああ、嬉しいよ。公方様とも、これからも酒が飲める」

与作も、茂氏の太い肩を摑んで喜んだ。

玄関の辺りが、また賑やかになった。

なにを勘ちがいしたか、中村座の若手役者が揃って稽古にやってきたのであった。

「あいつら、なにしに来やがった」

大御所が、舌打ちして廊下をうかがうと、女形の玉十郎《たまじゅうろう》が、がらりと襖を開けて、

「あ、大御所」

と声をあげた。

「いらっしゃっていたんですか」

「おまえ、稽古をさぼってお局館に入りびたりかい」

大御所がきつい双眸を玉十郎に向けた。

「とんでもありませんや、大御所」

「いやいや、この連中は自腹を切った習い事で、みな、お局さまの弟子ですよ」

俊平が笑いながら口添えをしてやると、

「ああ、そうだったかい」

団十郎は、すっかり忘れていたらしく首を撫でてから、

「玉十郎、おまえたしか女形をやめて台本書きになるんじゃなかったのかい」

と、思い出したようにまた叱りだした。

女形はいまひとつ向いていないと、玉十郎は数カ月前から座付の戯作者宮崎伝七に付いて、台本書きの修行を始めたのである。

——女傑の物語を描く。

と気負い込んで立花貫長の縁者で出戻りの柳河藩の姫妙春院《みょうしゅんいん》を追っていたが、いまだに仕上がっていないらしい。

「あれは、どうなったんだ」

「女は謎でございます。おれにはわからねえ」

「おめえ、それだから女形もつとまらないんだ」

「へい」

玉十郎は大御所にずけりと言われ、肩を落としてしまった。

「ならば、ここに豪傑が一人いる。歌舞伎《かぶき》の立役《たちやく》にぴったりのお人だよ」

俊平がまた、玉十郎に助け船を出した。

「へえ、それはどちらで」

「こちらだよ」

大御所に目くばせされて、玉十郎はすぐ横にいる喜連川茂氏を見かえし、度胆をぬかれて口をあんぐり開けた。

「関取がいらしているのかと思っておりました」

「いや、こちらは関取じゃねえ、公方様だ」

「公方様ねえ。じゃあ、千代田《ちよだ》のお城の」

「たしかに吉宗公もでけえ草鞋を履くんで有名だが、こちらは下野《しもつけ》喜連川の公方様だ。気は優しくて力持ち。強《ごう》の弓をお引きになる」

大御所が、ついさっき俊平から紹介されたばかりのことを玉十郎に伝えた。

「ちっともわかりませんや、下野に公方様がお移りになられたんで」

「そうじゃねえよ。こちらは、足利将軍家の公方さまだ」

「そりゃあ、すげえ。まるで足柄山《あしがらやま》の金太郎ですねえ」

「おめえの言うことはいつもわからねえ。せっかく大向こうを唸らせる材料は揃っている。あとはおまえの腕しだいだ。おねがいしてお側に置かせてもらえ」

大御所が、励ますように言った。

「へえ、でも、そちらの公方様が……」

「なんだ、自信がないのか」

「そういうわけじゃ。でも、お偉すぎて、近づきがたい」

「なにを言っていやがる。こちらの公方様はな、わしのような田舎の百姓とだって気楽に口をきくし、一緒に酒を飲んでくださる」

与作が、不甲斐ない玉十郎にじりじりとして話に割り込んできた。

「芝居はな、二枚目の描き方で決まる。公方様とじっくり語り合って、お人柄になじませていただけ」

「へい」

玉十郎は、にこにこと笑って話を聞いている伊茶姫から酒器を受けとって、おそるおそる茂氏に差し出した。

「わしのことが江戸の大歌舞伎の芝居になるか。これは領民によい土産話ができたぞ」

茂氏はなみなみと注がれた酒をうまそうに咽《のど》を鳴らして飲んだ。

「いやあ、すごい」

玉十郎が、あらためて公方様をうかがう。

「どうだ。お人柄の一端がわかったか」

「まあ、これからですが、今後ともよろしくお願いいたします。ただ、喜連川とやらまで付いていてはいけませんが」

「大丈夫だよ。こちらの公方様は、われらが一万石同盟に加わった。しばらくは江戸におられる。これからは、ここにもちょくちょく訪ねてこられる。いつでもお会いできるよ」

俊平が、にこにこと笑って茂氏の肩をとった。

「でも、参勤交代とか」

「そんなものはない。わしは好きな時に領地に戻り、好きな時に江戸に上るのだよ」

公方様が平然とした口ぶりで言った。

「へえ、さすが天下一の公方様だ。なにもかもが別格だ」

「一万石同盟への公方様の正式のご加盟と、大象《ダーシャ》の命が助かった祝いを兼ねて、この辺りで三本締めといきましょう」

俊平がみなに声をかけた。

「どなたかに、音頭を取っていただきましょう」

綾乃が、ぐるりと客の顔を見まわし、

「それでは、やっぱり大御所に」

と頭を下げた。

「いいですよ、それくらいのことなら」

大御所団十郎が、まず盃を取りあげる。

「ちょっと待っていただきたい。わしからまずひと言《こと》挨拶をしたい」

公方さまが、盃を摑んで立ち上がった。

「こちらを訪ねて来て、ほんとうによかった。じつはな、こんな調子のわしだから、領民とも気楽に口をきいていたが、心を許せる真の友がいなかった。山国だから、獣だけが友。だから象の心もわかった。でも、これからは大勢の仲間ができた。皆の衆、今後ともよろしう頼みまする」

「こっちこそ、お願いしますぜ」

大御所が、満面の笑みを浮かべて、盃を公方様喜連川茂氏に向けた。

「ならば、私からも言わせてくれ」

茂氏の隣の俊平が、珍しく積極的に立ち上がった。

「本日は、まことにめでたいことが重なった。公方様が今日をもって正式に我らの義兄弟となってくれたのだ。象も嫌疑が晴れて命が救われた。それに小松藩、一柳頼邦殿のご領地の一揆も鎮まって、藩と領民の間がまたむつまじきものにもどったという」

「飢饉もなんとかおさまりそうです。これも芋のおかげなのです」

伊茶姫が、俊平の言葉を引き継いだ。

「へえ、そいつはすげえ、この芋の」

大御所が、串に刺さった芋の団子を摘んで高くかかげた。

「わしのところでも、きっと芋は育つ。この芋と栗の菓子〈芋栗三昧《いもくりざんまい》〉を食うてみてくれ」

茂氏がみなに呼びかけると、留守居役岩河清五郎が笹の葉に包んだ〈芋栗三昧〉を部屋の隅から隅までみなに持ってまわった。

「こいつは、江戸でも売れそうだよ」

若手の役者がうまそうに頬張る。

「私にもまわしてくれ」

「おれだって食いてえよ」

若手の役者はもう奪い合いである。

「私は、これまで公方様にだいぶきつくあたった。まあ、若手力士の入門儀礼のようなものだ。だが、もうしごきはじゅうぶん。今日から、公方様は正真正銘の義兄弟だ」

立花貫長が言うと、

「それじゃア、まいりますよ」

大御所団十郎が、盃をあげて、

「よーお！」

パンパンとみなが揃って手をたたく。

「よっ！」

「もう一丁！」

玉十郎の妙に女らしい合いの手が入る。

「ありがとうございました」

大御所が礼を言った。

あちこちで歓声があがる。

阿久里と定式も笑顔がもどってにこやかに盃をあげた。俊平はそれをちょっとさびしげに見やって盃をあげた。

「ところで、殿」

惣右衛門がちょっと皮肉げな口調で俊平の耳元でささやいた。

「そこにおられるお二人ですが、まことに殿の盃に眠り薬を入れるよう命じたのではございませぬか」

「さて、それはわからぬな。だがそのようなこと、もはや問うまい。定弐殿も、こたびのことでだいぶ懲りたはずだ。危うく、腹を切らされるところだったのだからな。藩主の百助めも上様のお叱りをうけ、もはや定弐殿には手を出すまい」

「それなら、よろしうございますが……」

「私は、阿久里の行く末だけを見守っている。穏やかで、夫婦睦《むつ》まじく過ごしてほしい」

「まことでございます。今までの定弐殿なら、阿久里さまがあまりにおかわいそう」

惣右衛門はそう言ってから、ふと俊平を見かえすと、俊平はじっと黙って阿久里を見つめている。

時代小説

二見時代小説文庫

# 象耳公方《ぞうみみくぼう》　剣客大名《けんかくだいみょう》　柳生俊平《やぎゅうとしひら》5

著者　麻倉一矢《あさくらかずや》

発行所　株式会社　二見書房
東京都千代田区三崎町二-一八-一一
電話　〇三-三五一五-二三一一［営業］
〇三-三五一五-二三一三［編集］
振替　〇〇一七〇-四-二六三九

印刷　株式会社　堀内印刷所
製本　株式会社　村上製本所


ISBN978-4-576-16202-7
http://www.futami.co.jp/

二見時代小説文庫

麻倉 一矢
剣客大名 柳生俊平1～5

浅黄 斑
無茶の勘兵衛日月録1～17
八丁堀・地蔵橋留書1～2

井川 香四郎
とっくり官兵衛酔夢剣1～3

大久保 智弘
御庭番宰領1～7

沖田 正午
殿さま商売人1～4
北町影同心1～4

風野 真知雄
大江戸定年組1～7

喜安 幸夫
はぐれ同心 闇裁き1～12
見倒屋鬼助 事件控1～6
隠居右善 江戸を走る1

倉阪 鬼一郎
小料理のどか屋 人情帖1～18

小杉 健治
栄次郎江戸暦1～16

佐々木 裕一
公家武者 松平信平1～15

高城 実枝子
浮世小路 父娘捕物帖1～3

早見 俊
目安番こって牛征史郎1～5
居眠り同心 影御用1～21

幡 大介
天下御免の信十郎1～9

花家 圭太郎
口入れ屋 人道楽帖1～3

聖 龍人
夜逃げ若殿 捕物噺1～16
火の玉同心 極楽始末1

氷月 葵
公事宿 裏始末1～5
婿殿は山同心1～3
御庭番の二代目1～2

藤 水名子
女剣士 美涼1～2
与力・仏の重蔵1～5
旗本三兄弟 事件帖1～3
隠密奉行 柘植長門守1

牧 秀彦
八丁堀 裏十手1～8
孤高の剣聖 林崎重信1～2

森 真沙子
日本橋物語1～10
箱館奉行所始末1～5
時雨橋あじさい亭1

森 詠
忘れ草秘剣帖1～4
剣客相談人1～18

和久田正明
地獄耳1